Chère lectrice,

L'amour peut vous surprendre à tout moment. Et surtout, c'est bien connu, quand vous ne le cherchez pas !

La preuve avec Joshua, un célibataire endurci qui voit soudainement fondre son cœur à l'arrivée de ses neveux et de leur charmante nounou (*Une famille pour un play-boy*, N° 2260).

Quant à Dani — l'amie de Marissa et de Grace dont vous avez fait la connaissance les mois derniers — voilà qu'elle fait une *Rencontre inattendue* (N° 2261) et ô combien bouleversante…

Mariella, de son côté, est confrontée à *Un patron trop charmant* (N° 2263) auquel elle semble avoir bien du mal à résister.

Oui, l'amour est synonyme de surprises ! Et pour Kira, qui voudrait tant être maman, tous les espoirs sont donc permis (*Un bébé à tout prix*, N° 2262)…

Très bonne lecture en compagnie de vos romans Horizon et rendez-vous le mois prochain !

La responsable de collection

Rencontre inattendue

MELISSA McCLONE

Rencontre inattendue

COLLECTION HORIZON

éditions Harlequin

Cet ouvrage a été publié en langue anglaise
sous le titre :
DREAM DATE WITH THE MILLIONAIRE

Traduction française de
MARIE-CHRISTINE DERMANIAN

HARLEQUIN®

est une marque déposée du Groupe Harlequin
et Horizon® est une marque déposée d'Harlequin S.A.

83-85, boulevard Vincent-Auriol, 75013 PARIS — Tél. : 01 42 16 63 63

Service Lectrices — Tél. : 01 45 82 47 47
www.harlequin.fr

ISBN 978-2-2808-1698-4 — ISSN 0993-4456

1.

« Blinddates.com. Il y a en ce moment 7828 membres connectés, 13 salons, et 56 conversations privées. Venez donc vous joindre à nous ! »

Conversation privée n° 25 (3 participants)

De Scones&Muffins :
Si on m'avait dit un jour que je rencontrerais l'homme de mes rêves sur internet... J'ai encore du mal à le croire !

Danica Bennett lâcha un long soupir. Elle aussi avait du mal à le croire.

Seule dans sa cabine, unique espace bien rangé du local qui abritait les bureaux de You&Me.com., elle relut les mots qui s'affichaient en violet sur son écran.

Grace Marlowe, alias Scones&Muffins, de Londres, méritait bien d'être heureuse. Dani espérait de tout cœur que son amie trouve le bonheur auprès de Noah, l'homme qu'elle venait d'épouser. D'autant qu'un bébé arriverait bientôt.

Pourtant, Dani doutait que l'« amour-toujours » existe ailleurs que dans les romans. Elle posa les yeux sur la photo qui trônait sur son bureau. Ce cliché, où elle apparaissait entourée de sa mère et de ses trois sœurs, lui arracha un soupir. Elle n'en dirait certes rien à son amie, mais gagner à la loterie lui paraissait presque plus probable que rencontrer l'homme de sa vie.

Ses doigts coururent sur le clavier, et les lettres s'affichèrent en vert — couleur de l'espoir ! — sur l'écran.

De Californienne :
Assez étonnant, en effet.

Grace avait épousé Noah, célèbre auteur de romans d'espionnage, peu de temps après l'avoir connu. Un laps de temps très court aussi s'était écoulé avant qu'elle ne découvre qu'elle était enceinte.

D'autres mots, couleur rouille cette fois, s'affichèrent sur l'écran. C'était KangourouGirl, leur amie Marissa Warren, d'Australie, qui s'exprimait.

De KangourouGirl :
Etonnant, oui, mais pas si rare fina-

lement. Il semblerait qu'une personne sur huit trouve son prince charmant en ligne.

Dani faillit pouffer de rire. Marissa ressemblait à un commercial vantant les mérites des sites de rencontres sur internet. Ou à une mariée comblée, ce qu'elle serait dans quelques mois. Elle s'était éprise de son chef temporaire, qu'elle n'avait donc pas connu par le biais de Blinddates.com, à l'inverse de Grace. Ce n'était pourtant pas faute d'avoir tenté sa chance !

De Californienne :
Tant mieux pour moi, sans quoi je serais obligée de chercher un autre emploi !

« Je serais obligée de quitter ce poste, que je déteste ! », ajouta-t-elle en son for intérieur, tout en plantant rageusement sa fourchette dans le bol de salade qu'elle avait apporté de chez elle.

De Scones&Muffins :
Que veux-tu dire par là ?

De KangourouGirl :
Je crois bien que quelque chose m'a échappé…

Les deux messages s'affichèrent presque en même temps sur l'écran de Dani.

Oh non !

Consternée, elle lâcha sa fourchette. Elle s'était laissée aller à comparer le bonheur de ses amies à sa vie dénuée de projets, oubliant du coup de surveiller ses propos. Au cours des six derniers mois, toutes trois étaient devenues très proches, au point de l'amener à relâcher sa vigilance et de dévoiler son secret.

Il fallait redresser la situation.

De Californienne :

Rien d'important. Je suis si contente que vous vous soyez inscrites à Blinddates ! Je me demande comment j'aurais survécu, pendant ces longues semaines, sans votre soutien et votre amitié.

Comme elle tapait ces mots sur le clavier, Dani ressentit un petit pincement à l'estomac. Quel genre d'amie était-elle ? Ne cachait-elle pas à Marissa et Grace la véritable nature de ses activités ?

De Scones&Muffins :

Tu as traversé une période difficile, Dani. Perdre le job de tes rêves, et devoir t'habituer au nouveau... Mais la roue tourne, tu verras !

De KangourouGirl :

Au moment où tu t'y attendras le

moins, tu *le* rencontreras ! Celui qui t'est destiné…

Dani leva les yeux au ciel. Elle espérait bien, justement, ne pas le rencontrer ! Pas tout de suite, du moins. Avant tout, elle devait s'occuper de sa carrière. Elle venait de passer les six derniers mois à chercher un nouvel emploi, sans aucun succès. Dans l'immédiat, elle préférait se concentrer sur ce but et éviter tout sujet de distraction — particulièrement sous cette forme-là !

De KangourouGirl :
La question essentielle demeure : comment allons-nous nous y prendre pour *le* faire apparaître ?

« Nous. » Dani sentit des larmes lui picoter les yeux. D'instinct, elle effleura du bout des doigts le bracelet en argent orné de gouttes de cristal que lui avait envoyé Marissa à son retour d'un voyage à Hong Kong. Ces femmes, qu'elle n'avait jamais rencontrées, se souciaient réellement de son sort.

De Californienne :
Vous n'avez rien à faire, les filles ! Tout va bien. Ne vous inquiétez pas pour moi.

De Scones&Muffins :
Nous ne nous inquiétons pas. Nous

cherchons simplement à t'aider. Tu t'es inscrite sur ce site pour une raison précise.

Pas la même que celle qui avait incité Marissa et Grace à s'y inscrire, songea Dani envahie par une vague de culpabilité. Il était temps de mettre un terme à ce tissu de mensonges.

Ses doigts se mirent à courir sur le clavier. Elle était pressée d'en finir, désormais. Et elle tenait à ce que ce soit fait avant que son patron ne se matérialise soudain à côté d'elle.

De Californienne :
Je ne me suis pas inscrite à Blinddates pour trouver l'âme sœur…

De KangourouGirl :
Ah ? Et alors… pourquoi ?

De Californienne :
Parce que

Le curseur clignotait, attendant qu'elle finisse sa phrase.

Dani avala sa salive. Son amitié en ligne avec Marissa et Grace était, en cette période de sa vie, l'élément le plus positif. A vrai dire… *le seul* élément positif ! Pouvait-elle courir le risque de tout gâcher ?

Mais quel genre de relation était la leur, si elle n'était pas capable de sincérité envers elles ?

Elle prit une profonde inspiration avant de se remettre à taper.

De Californienne :
... j'ai été obligée.

Le cœur battant, elle fixa l'écran. De fines gouttes de sueur perlaient à son front.

De Scones&Muffins :
Tu veux dire que quelqu'un t'a inscrite sans te consulter ? Comme ma fille, qui a pris la liberté de le faire à ma place ?

Dieu du ciel ! Dani retint son souffle et regarda autour d'elle avant de se remettre à pianoter sur le clavier. Elle espérait que son patron ne choisirait pas ce moment pour apparaître.

De Californienne :
Non. Je me suis inscrite toute seule.

Elle sentit poindre une migraine, mais la vérité devait être dite. Plus précisément, *écrite*.

De Californienne :
Je suis une espionne.

***

— Il y a quelque chose que je voudrais te montrer.

Occupé à entrer des données dans son ordinateur, Bryce Delaney ne leva pas les yeux de l'écran en entendant la voix de son assistante. Il n'avait pas besoin de se tourner pour savoir qu'elle se trouvait à deux pas derrière lui. Sans l'ombre d'un doute, Joëlle Chang tenait à la main une chemise cartonnée, et portait coincé derrière l'oreille un stylo — à encre bleue uniquement, pour que l'on remarque la différence sur les photocopies.

Bien qu'elle ait gardé une allure très jeune avec ses longs cheveux et ses vêtements à la mode, Joëlle avait quarante et un ans. Un solide sens des responsabilités doublé d'un redoutable esprit d'initiative ainsi qu'une fiabilité absolue en faisaient l'assistante idéale. De l'avis de Bryce, du moins, qui appréciait à leur juste valeur toutes ces qualités.

— Je te paie assez cher pour que tu regardes à ma place !

— Tu m'as dit que tu voulais surveiller de près tout éventuel problème lié à la sécurité.

A ce mot, Bryce redressa la tête. La sécurité représentait la première de ses priorités, à Blinddates.com.

— Eventuel… ou probable ? demanda-t-il.

Le regard de Joëlle s'assombrit.

— Le problème en question est signalé par deux drapeaux rouges.

Bryce serra les dents. Bon sang ! Il se serait volontiers passé de cette complication supplémentaire ! Ils avaient déjà affaire aux escrocs, aux pirates, aux spammeurs, aux gens mariés se faisant passer pour des célibataires…

— Ce n'est peut-être rien de grave, ajouta Joëlle.

Durant l'année qui venait de s'écouler, il y avait eu de nombreuses fausses alertes.

— Ça signifie en tout cas que nous avons un agitateur à bord !

Jusque-là, chaque fois que cela s'était avéré possible, Bryce avait entamé des poursuites contre ces fauteurs de troubles. Il n'était nullement disposé à laisser quiconque tirer profit de ses clients. Trop de gens cachaient leur véritable personnalité, aussi bien dans la vie réelle qu'en ligne. Il en avait fait l'expérience, tout comme sa sœur. Or, elle était moins méfiante que lui, ce qui l'avait incité à créer ce site de rencontres. Il avait réalisé ce projet pour protéger les êtres tels que Caitlin.

— Bien. A quoi sommes-nous confrontés cette fois ?

Joëlle lui tendit un dossier.

— La cliente en question est membre du site depuis plus de six mois. Tout semble correct dans le questionnaire qu'elle a rempli au moment de l'inscription.

— La cliente ? répéta-t-il, un sourcil levé.

— Il s'agirait en effet d'une femme. Aucun de nos filtres n'a détecté quoi que ce soit de suspect dans le contenu de ses mails. Le filtre des conversations, en revanche, a manifestement repéré quelque chose. Cette personne passerait tous les jours plusieurs heures sur le site, sans avoir jamais accepté le moindre rendez-vous. Pourtant, son profil a été jugé compatible avec un certain nombre d'hommes inscrits.

Bryce avait travaillé avec un psychologue, afin de créer un programme regroupant les membres de Blinddates par tranches d'âge, centres d'intérêt, affinités.

Il ouvrit le dossier que lui tendait Joëlle et examina la photo. Son regard se posa d'abord sur des cheveux blonds, tout ébouriffés, retenus par une sorte de bandana rouge. Une coiffure pas particulièrement seyante, songea-t-il. A vrai dire, la photo en soi n'était pas des plus flatteuses. La jeune femme ne souriait pas, ne regardait pas même l'objectif. Il y avait des zones d'ombre sur son visage, et ses joues semblaient anormalement rouges. Sur son descriptif, elle avait mentionné des yeux bleus, mais il était difficile d'en distinguer la couleur sur ce cliché de piètre qualité.

— A-t-elle trouvé chaussure à son pied ? demanda-t-il, songeur.

— Notre programme lui a proposé dix-sept utilisateurs susceptibles de lui convenir. Dix sont entrés en contact avec elle. Elle a répondu à tous, mais les choses en sont restées là.

— Mmm… Elle respecte au moins les règles de politesse du site.

Joëlle hocha la tête. Intrigué, Bryce reporta son attention sur la photo. Décliner des propositions de rencontre n'avait rien d'inhabituel. Il se rappelait une jeune femme particulièrement timide qui, pas une fois, n'avait réussi à franchir le pas. D'autres encore, depuis la création du site, avaient beaucoup tergiversé avant de s'y résoudre.

Quoi qu'il en soit, il préférait se montrer prudent.

— Tu lui as fait passer les tests d'usage, je suppose ?

Joëlle acquiesça.

— Alice, du service clients, l'a appelée, et elle lui aurait posé autant de questions qu'Alice lui en a posé. La conversation a duré deux heures.

— Deux heures ?

Elle hocha de nouveau la tête et reprit :

— Suite à cela, je l'ai moi-même appelée. Je dois dire qu'elle m'a fait excellente impression ; je l'ai trouvée aussi brillante que sympathique. Mais bien sûr, cela n'offre aucune garantie ! Les gens charmants ne sont pas forcément blancs comme neige. Je n'ai pas oublié — toi non plus, j'imagine — cette exquise personne qui avait usurpé l'identité d'un autre membre.

Ce fut au tour de Bryce, qui feuilletait à présent le dossier, de hocher la tête. Il remarqua un code familier. La jeune femme vivait ici même, à San Francisco. La plupart des imposteurs auxquels il avait eu affaire habitaient de l'autre côté de la planète. S'il s'avérait que cette cliente était animée de mauvaises intentions, il pourrait au moins entamer des poursuites.

— Mmm…, marmonna-t-il. Elle participe essentiellement à des groupes de discussion… *féminins*. Elle envoie et reçoit des messages privés et passe le plus clair de son temps à explorer le site. Mais pas le profil des membres enregistrés…

Qu'ils acceptent ou non de se rencontrer, de s'engager dans une relation, les membres de Blinddates aimaient pourtant généralement bien consulter les profils des autres personnes inscrites.

— Elle est en ligne aux heures de bureau,

souligna Joëlle, et tard le soir. Nous avons pu relever deux adresses IP reliées à son compte : elle utilise deux ordinateurs.

Il n'y avait là non plus rien d'inhabituel.

— Elle se connecterait donc au site aussi bien chez elle que sur son lieu de travail, insista-t-il.

— Apparemment. Elle doit avoir un patron très souple !

— Il ne le sait sans doute pas.

Bryce continua d'examiner le dossier d'un œil averti. Il s'arrêta lorsque son regard se posa sur un drapeau rouge. Au cours de l'une de ses conversations, la jeune femme avait déclaré être *une espionne.*

— A moins qu'elle n'ait un employeur qui la paie précisément pour observer notre site…

Le monde des rencontres en ligne était sans pitié, et la compétition entre les différents sites très rude.

Bryce se mordilla la lèvre. Avant d'avancer qu'elle était une espionne, la cliente n'avait fait aucune allusion à son travail.

— Quel métier exerce-t-elle ? demanda-t-il à Joëlle.

— Elle a coché la case « vente », dans le questionnaire.

— C’est vague, surtout si l’on tient compte de l’éventail d’options proposées.

— Ce qui aurait provoqué l’apparition d’un autre drapeau rouge ?

Il répondit à cette question par un hochement de tête. Il était fier d’avoir créé un site où les gens pouvaient se rencontrer et tomber amoureux en toute sécurité. Sa sœur avait eu le cœur brisé — et, en prime, son compte en banque vidé — grâce au « prince charmant » qu’elle avait trouvé sur un site concurrent. L’individu s’était avéré l’opposé de ce qu’il prétendait être. Aussi Bryce avait-il tout mis en œuvre pour que nul ne puisse agir ainsi en toute impunité sur Blinddates.com.

Joëlle sourit.

— Elle me ferait presque de la peine.

— Ah ? Pourquoi ?

— Parce que quand quelqu’un retient ton attention, tu as tendance à t’acharner sur lui.

Il haussa les épaules.

— Je me borne à faire mon travail.

Elle hésita un instant.

— Ton travail, répéta-t-elle. N’oublie pas qu’il ne s’agit jamais que de *cela*…, précisa-t-elle en redressant le stylo coincé derrière son oreille. N’en fais pas trop !

Sur le point de sortir, elle ajouta :

— Grant est en train de t'envoyer par mail des informations qui pourraient t'être utiles.

— Merci, Joëlle.

Lorsqu'elle eut disparu, Bryce relut la première page du dossier avec attention.

— Qui es-tu donc, Californienne ? murmura-t-il. Et que cherches-tu au juste sur mon site ?

Il était 15 heures quand Dani entra dans la petite salle où devait se tenir la réunion. Les cinq personnes qui, comme elle, travaillaient sur le site de rencontres You&Me.com étaient déjà présentes. James Richardson, le patron, faisait les cent pas dans l'entrepôt réaménagé qui abritait la petite entreprise.

James portait un jean déchiré aux genoux et un T-shirt noir. Il avait de longs cheveux blonds, très fins, parlait vite et fort. En fait, Dani voyait en lui le stéréotype du brillant étudiant en informatique qui manquait cruellement de repas équilibrés, de soleil et de petite amie. Les deux premières affaires qu'il avait montées sur internet s'étaient avérées très rentables. Il les avait vendues, et souhaitait maintenant connaître un succès identique avec ce site de rencontres.

Et ce à n'importe quel prix, Dani n'avait pas tardé à le comprendre.

Pendant l'entretien d'embauche, James avait paru bien plus intéressé par son tour de poitrine que par son C.V. Il l'avait cependant surprise en lui posant des questions très pertinentes sur sa formation et son expérience professionnelle. Il savait en fait parfaitement ce qu'il attendait d'un commercial. Ayant vite réalisé qu'elle possédait les compétences requises, Dani avait su tirer parti de ce que la nature lui avait offert — comme le lui avait enseigné sa mère —, et s'était vu confier le poste. Ce qui signifiait qu'elle seule était responsable de la situation dans laquelle elle se trouvait aujourd'hui.

— J'ai une bonne nouvelle à vous annoncer : notre clientèle a augmenté ! Grâce aux efforts de Danica en matière de marketing.

James adressa un clin d'œil à Dani. Dans l'entreprise, nul autre que lui ne savait qu'elle espionnait Blinddates.com, le principal site concurrent.

— Cette augmentation a dépassé notre capacité d'accueil et il a fallu acheter de nouvelles machines. Mais ce n'est pas un problème : plus il y aura de monde sur le site, plus nos recettes publicitaires augmenteront. Quelqu'un a-t-il d'autres idées pour attirer de nouveaux clients ?

Seule Dani répondit.

— Il faudrait peut-être apporter quelques changements à la page d'accueil : le graphisme, les couleurs, la disposition des images. Le nom, aussi.

James secoua la tête.

— Le nom de notre site est parfait.

— Tout à fait d'accord.

— Oui.

Dani écouta les hommes rassemblés là soutenir leur patron, qu'ils tenaient en très haute estime. La seule autre femme présente, Shelley, qui occupait le poste de secrétaire de direction, acquiesça à son tour. Tournée vers Dani, elle forma avec les lèvres le mot « désolée ».

Cette réaction unanime ne découragea pourtant pas Dani.

— Prenons exemple sur Blinddates, reprit-elle, citant le nom du site rival dont la notoriété ne cessait de croître.

Les regards convergèrent sur elle, désapprobateurs, ce qui ne brisa pas son élan.

— Leur présentation et leur page d'accueil induisent une notion d'entente profonde, de durée, qui séduit les utilisateurs.

— Seulement ceux qui ont envie de s'enchaîner ! précisa Andrew, caustique.

Ignorant cette remarque, Dani poursuivit :

— Notre site n'a pas ce genre de connotation. Son nom et sa présentation évoquent certes une rencontre, mais rien de plus. Il pourrait aussi bien s'agir d'une aventure d'un soir.

Ce fut au tour du petit as de l'informatique recruté par James d'intervenir. Bob était à l'origine des différents programmes spécifiques au site.

— Et alors ? Où est le problème ? Beaucoup de gens ne tiennent pas à s'investir dans une relation !

— Nous pourrions même utiliser cette nuance, nous spécialiser dans ce créneau, suggéra Andrew.

Les bras croisés, Dani regarda les hommes hocher la tête à l'unisson. Rien d'étonnant à ce que les femmes aient autant de mal, par les temps qui couraient, à trouver la fameuse âme sœur !

— Je te remercie d'avoir abordé ce sujet, Danica, dit alors James. Je vais y réfléchir.

Ce qui signifiait que le débat était clos. C'était ainsi que fonctionnait l'équipe. Les employés avaient le choix : soit ils se rangeaient à l'avis du patron, soit ils s'en allaient. Dani ne pouvait, hélas, se permettre d'opter pour cette deuxième possibilité. Le salaire plus que correct qu'elle percevait lui interdisait cette fantaisie.

Au départ, elle avait pris beaucoup de plaisir

à relever les défis que représentait le lancement d'une start-up. Maintenant, à l'idée de reprendre cette activité qui lui déplaisait tant, elle se sentait abattue dès le réveil.

— Quelqu'un a quelque chose à ajouter ? poursuivit James.

Nul ne souffla mot, comme toujours. Elle était la seule à donner son point de vue en toute circonstance, et se demandait d'ailleurs pourquoi elle prenait cette peine.

James frappa dans ses mains.

— Dans ce cas, remettez-vous vite au travail ! Personne ne sera seul ce soir, grâce à You&Me !

Apparemment satisfait de sa prestation, il tourna les talons tandis que chacun rejoignait son poste. Aussi frustrée que fatiguée, Dani se réinstalla dans sa cabine. Elle s'était couchée tard, la veille, après avoir envoyé un nouveau lot de C.V. et lettres de motivation. Cette pensée l'incita à ouvrir sa boîte de courrier électronique afin de vérifier si quelqu'un lui avait répondu.

Il y avait bien un nouveau message, mais il ne provenait pas d'un employeur potentiel. Il lui avait été envoyé par un membre de Blinddates.com, qui répondait au pseudonyme de Bigbrother. *J'ai lu votre profil*, tel était le sujet du mail.

— Oh non ! gémit-elle.

Encore un homme qui désirait faire sa connaissance ! Cette situation lui devenait insupportable. Bien sûr, elle aurait pu cliquer sur le message et le supprimer sans y donner suite. C'était ce qui se produisait en général sur les sites de rencontres, quand un membre recevait un message d'un autre membre qui ne l'intéressait pas. Pas sur Blinddates. La politesse y était de rigueur, et toute personne contactée devait répondre à celle qui lui manifestait de l'intérêt.

La perspective de repousser une fois de plus les avances d'un « prétendant » lui donnait presque la nausée, mais que pouvait-elle faire d'autre ? Elle n'allait tout de même pas accepter de rencontrer ceux qui lui écrivaient, alors qu'elle s'était inscrite sur le site dans le seul but de jouer les espionnes ?

Elle inspira plusieurs fois à petits coups, sans parvenir pour autant à recouvrer un semblant de sérénité. Elle s'apprêtait à décliner la proposition d'un homme, soit. Il n'y avait là rien de criminel, ni même de dramatique. Il était peu probable que ce refus plonge le dénommé Bigbrother dans un profond désespoir.

Ses tentatives pour se rasséréner ne lui furent pas d'un grand secours. Pourquoi diable se trouvait-elle de nouveau confrontée à cela ?

Lorsqu'elle s'était inscrite, elle avait pourtant rusé pour éviter d'en arriver là. Non pas en mentant sur son profil — car elle voulait saisir les ficelles des programmes destinés à rassembler les gens par affinités —, mais en mettant une photo d'elle où elle ne paraissait pas du tout à son avantage. La plus laide qu'elle ait trouvée ! Elle avait aussi dressé d'elle un portrait peu attirant, notant qu'elle adorait passer son temps libre dans les bibliothèques. Et à la question « Qu'emporteriez-vous si vous deviez passer un certain temps sur une île déserte ? », elle avait répondu : « Tous les romans de Jane Austen ».

Quel homme inscrit sur un site de rencontres pouvait bien trouver cela intéressant ? Mais peut-être ne le trouvaient-ils pas intéressant. Peut-être se manifestaient-ils dans le seul espoir de passer avec elle quelques bons moments.

Avec un long soupir, elle ouvrit le message.

De Bigbrother à Californienne :

Qui cherchez-vous, au juste ? M. Darcy, ou plutôt M. Knightley ?

Les yeux écarquillés, Dani relut les quelques mots. A deux reprises. Elle était impressionnée que cet homme connaisse deux héros de Jane Austen, mais qui voyait-il en elle ? Lizzy, intelligente et impulsive, ou plutôt Emma, suffisante et se mêlant de ce qui ne la regardait pas ?

Ce message l'intriguait. Elle pianota une réponse sur son clavier, et appuya sur « envoi ». Un sourire satisfait aux lèvres, elle se laissa aller contre le dossier de son siège.

Puis, comme mue par un ressort, elle reprit sa position initiale. Bon sang ! Que venait-elle de faire ? Pourquoi lui avoir répondu, être entrée dans le jeu ? Elle n'était pas censée engager une relation avec Bigbrother, pas même par mail. Elle aurait dû se borner à lui signifier poliment, en quelques mots, qu'il ne l'intéressait pas.

Or, elle ne l'avait pas fait. Elle n'en avait pas eu envie. Ce message, si différent de tous ceux qu'elle avait reçus jusque-là, l'avait incitée à lui répondre.

Bigbrother avait de toute évidence lu son profil ; la nature de sa question le prouvait. L'intérêt qu'elle avait suscité ne pouvait en aucun cas provenir de sa photo. Ni de son tour de poitrine ! Ce qu'il avait vu et lu d'elle avait réussi à l'attirer.

A moins qu'il ne soit affreux, et préfère ne pas se montrer trop exigeant envers une hypothétique compagne…

Son regard fut attiré par le lien qui donnait accès à son profil. Il y avait là une page entière de renseignements le concernant, accompagnés d'une photo.

La tentation était forte. Elle pointa le curseur sur le lien. Un petit clic suffirait…

Non. Moins elle en saurait au sujet de Bigbrother, mieux elle se porterait. Elle ne cherchait pas à rencontrer un homme, moins encore s'il était membre de Blinddates.

Ignorant le sentiment de regret qui s'insinuait en elle, elle referma la fenêtre.

Bye bye, Bigbrother.

2.

Bryce prit la tasse de café posée sur son bureau, et la but à petites gorgées. Face à sa messagerie bondée, il grimaça en espérant que la caféine lui ferait vite de l'effet. Il n'avait pas moins de quatre cents mails qui l'attendaient ; les lire tous en un quart d'heure relevait de l'impossible. En quête d'un certain pseudonyme, il parcourut rapidement les noms des expéditeurs. Il ne lui fallut pas longtemps pour le trouver.

Californienne.

Que contenait sa réponse ? Un refus poli ou une demande explicite de ne plus être contactée ? Curieux, il ouvrit le message.

> De Californienne à Bigbrother :
>
> Je recherche désespérément… le colonel Brandon.

Bryce fronça les sourcils et relut les quelques

mots avant de demander à Joëlle de le rejoindre dans son bureau.

— Qui est le colonel Brandon ?

Son assistante le dévisagea, surprise.

— Allons, réfléchis... Il faut que tu me répondes ! Je sais qu'il s'agit d'un héros de Jane Austen, rien de plus.

Joëlle fronça les sourcils.

— Bryce... je suis diplômée en économie, pas en littérature !

Lui-même avait un master en informatique.

Les yeux plissés, Bryce scrutait l'écran, comme s'il attendait que la réponse à sa question s'y affiche.

— Je crois bien qu'il y a eu un film tiré du roman..., marmonna-t-il.

— Ça ne me dit rien. Tu sais bien que je préfère les films d'action aux histoires sentimentales. Pourquoi ne pas chercher sur internet ? Ou appeler ta sœur ?

Caitlin.

Le simple fait de songer à sa jeune sœur le fit sourire. Bien sûr. Caitlin saurait lui dire qui était le colonel Brandon. Elle était férue de cinéma, avec une préférence marquée pour les histoires d'amour. Cependant, s'il l'appelait, la conversation risquait de s'éterniser car elle ne résisterait pas au plaisir de lui parler des préparatifs de son mariage.

Bryce se réjouissait qu'elle ait trouvé son prince charmant sur Blinddates. C'était en pensant à elle qu'il avait créé ce site de rencontres. Mais en ce moment, il n'avait pas le temps de discuter des vertus du champagne rosé ou des orchidées blanches.

Le moteur de recherche sur internet lui proposa en quelques instants trois cent trente-six mille articles. Après avoir lu le premier, il apprit que le colonel Brandon était un personnage du célèbre roman de Jane Austen, *Raison et sentiments*. Les six suivants ne firent que semer le trouble dans son esprit. Comment se faire une idée précise du personnage que certains dépeignaient comme un être mélancolique triste et réservé, et d'autres comme un vieil homme ennuyeux ?

Quoi qu'il en soit, rien n'expliquait que Californienne « recherche désespérément » le colonel. Selon son profil, elle avait vingt-six ans. A cet âge-là, pourquoi s'encombrerait-elle d'un homme « vieux et ennuyeux » ? A moins qu'elle ne cherche surtout un compte en banque bien garni…

Et pourquoi avait-elle pris la peine de répondre à son mail, alors qu'elle avait adressé une fin de non-recevoir aux autres hommes qui avaient voulu entrer en contact avec elle ? Il s'agissait en outre d'une réponse mystérieuse, une sorte de jeu… Aurait-il éveillé son intérêt ?

Décidément, Californienne l'intriguait. L'attirait, même.

Bryce se reprit aussitôt. Non, elle ne l'attirait pas. Il menait une enquête sur elle, car son comportement avait alerté le dispositif informatique de surveillance. Voilà tout.

Il lui fallait des informations pour la cerner et comprendre ainsi à quel petit jeu elle se livrait. Ensuite, il saurait comment agir.

Au moment où il cliquait sur « répondre », il entendit des bruits de voix à l'extérieur de son bureau.

Les sourcils froncés, il tapa en hâte quelques mots. Il aurait préféré prendre son temps pour répondre à Californienne, mais les circonstances ne s'y prêtaient pas. A en juger par l'effervescence qui régnait soudain dans les locaux, un problème venait de surgir.

— Quelqu'un essaie de se faufiler sur le site en contournant le système de sécurité, entendit-il.

— Impossible ! s'exclama une autre voix.

Les traits tendus, Bryce se leva pour rejoindre son équipe. Quelqu'un aurait donc réussi à franchir les barrages du solide système de sécurité du site ?

Quelqu'un qui, sans l'ombre d'un doute, cherchait l'accès aux coordonnées bancaires des adhérents, ainsi qu'à leurs données personnelles.

En sortant de son bureau, il vit que son personnel s'agitait comme une équipe médicale dans un service d'urgences.

— Bien, dit-il d'un ton ferme en se plaçant derrière Christopher et Grant. Il ne reste plus qu'à bloquer les accès et à tout mettre en œuvre pour limiter les dégâts.

Même si les intrus n'avaient pas eu accès aux numéros de cartes de crédit, il fallait à tout prix protéger les données personnelles des clients de Blinddates, souvent très attachés à leur anonymat. Le pseudonyme jouait un rôle primordial dans ce type d'échanges.

— Ont-ils réussi à infiltrer les bases de données ?

Christopher laissa échapper un soupir.

— Pour le moment, nous n'en savons rien.

— Dans ce cas, mettons-nous à l'œuvre pour en avoir le cœur net !

A la fois technicien dans l'âme et patron, Bryce avait parfois du mal à concilier les deux rôles. Ce jour-là cependant, il allait devoir tenter l'impossible pour y parvenir.

Le front soucieux, Grant se tourna vers lui.

— Penses-tu que nous devons fermer le site ?

Bryce secoua la tête.

— Seulement si ça devient indispensable. Il faut éviter d'informer les pirates qu'ils sont repérés. Si nous pouvions leur mettre la main dessus…

Bryce s'installa à un ordinateur et, l'espace d'un instant, s'imagina dans la peau d'un héros de roman. Ses difficultés seraient anéanties en un clin d'œil. Hélas ! ce n'était pas le cas !

— Quelle est la puissance de notre système de cryptage ? demanda-t-il.

Ce fut le spécialiste de la sécurité qui lui répondit :

— Il est assez fort pour occuper pendant quelques années les esprits les plus malveillants !

Rassuré, Bryce hocha la tête sans quitter l'écran du regard. Il devrait toutefois appeler son avocat dès qu'il aurait une idée plus nette de la situation.

La journée s'annonçait longue. La nuit aussi, sans doute.

Assise à son poste de travail, Dani s'étira en grimaçant. La journée lui paraissait interminable. Elle aurait eu besoin d'une sieste, mais devrait se contenter d'un café de plus. Elle avait passé l'après-midi à faire des recherches destinées à augmenter le taux de fréquentation de You&Me.com. Dans la mesure où elle gérait le service marketing — appellation bien pompeuse vu les tâches qui lui étaient confiées ! — , ce type de recherche entrait malheureusement dans le cadre de ses fonctions.

Or, transformer les visiteurs épisodiques en utilisateurs réguliers n'était pas chose simple. D'autant que le site était loin d'être attrayant. Ce contenu attirant, elle l'avait trouvé chez Blinddates. Il ne lui restait plus maintenant qu'à appliquer la recette à You&Me.

Quel dommage qu'elle soit surtout intéressée par sa messagerie ! Elle la consultait toutes les cinq minutes, pour vérifier s'il y avait une réponse de Bigbrother. C'était bien la première fois qu'elle se comportait de la sorte. Jamais encore elle n'avait guetté la réponse de quelqu'un — un inconnu, de surcroît ! — avec un tel acharnement.

« Tu es pathétique, ma pauvre fille ! »

Certes, elle n'en serait pas là si elle n'avait pas ouvert son profil. Grossière erreur de sa part !

Elle avait ainsi découvert qu'il habitait San Francisco et qu'il était assez séduisant, dans un genre un peu particulier. Sur la photo, il portait une casquette des Giants — l'équipe de base-ball de la ville —, dont la visière lui cachait le haut du visage. Le couvre-chef ne dissimulait pas complètement ses cheveux bruns. Il était vêtu d'une chemise au nom de l'équipe de base-ball de Boston, les Red Sox, et d'un jean délavé. Bien que le cliché ne soit pas un portrait, elle avait distingué un semblant de sourire. Un sourire un peu timide, qui lui avait plu.

Elle sursauta presque en entendant l'avertissement sonore qui annonçait l'arrivée d'un mail. C'était *lui*, cette fois.

Bigbrother à Californienne :
Vous recherchez désespérément un type vieux et ennuyeux, en uniforme ?

Dani avait une vision presque parfaite du romantique colonel Brandon, capable d'aimer de façon inconditionnelle. Elle comprenait néanmoins que d'aucuns voient en lui un personnage triste et ennuyeux. Réaction normale pour quelqu'un qui, de toute évidence, préférait le base-ball à Jane Austen.

Comme cette pensée lui traversait l'esprit, elle laissa échapper un petit rire.

— Je veux bien rire moi aussi, dit James. Qu'y a-t-il de si drôle ?

Pivotant sur sa chaise, elle se trouva face à son chef qui se tenait sur le seuil de la cabine. Elle sentit ses joues s'empourprer, comme s'il venait de la surprendre en train de s'amuser au lieu de travailler. Ce qui était faux, puisque en ce moment-même elle faisait ce pour quoi elle était payée. N'était-elle pas en relation avec un utilisateur de Blinddates ?

— Je viens de recevoir un mail d'une personne inscrite à Blinddates.

— Un homme ? insista-t-il, les yeux rétrécis.

Elle hocha la tête.

— Je me borne à suivre tes consignes.

— Et je t'en félicite ! s'exclama James avec un grand sourire. Alors, quand dois-tu le rencontrer ?

— Je ne vais pas le rencontrer.

Au moment même où elle disait cela, elle ressentit un petit pincement au cœur. Elle regrettait qu'il en soit ainsi, ce qui ne lui était jamais arrivé jusqu'à présent. Aucun des adhérents de Blinddates n'avait éveillé en elle le moindre intérêt.

— Ah ? Tu es déjà prise ?

James faisait fausse route.

— Euh… non.

— Bon, j'en déduis qu'il ne t'intéresse pas du tout ! Combien de types de chez eux as-tu rencontrés ?

James évitait autant que possible de prononcer le nom du site qu'il voulait concurrencer. De toute évidence, il en voulait à Blinddates. Dani ignorait pourquoi et n'osait pas lui poser la question.

— Aucun, admit-elle.

Le regard masculin se fit plus incisif.

— Pas par faute de candidats, j'imagine. Aucun d'entre eux n'est à la hauteur, c'est ça ?

— Non, non.

Elle regarda à travers les vitres de son box pour s'assurer que personne ne leur prêtait attention puis, à voix basse, reprit :

— Je ne peux pas accepter de rendez-vous.

— Pour quelle raison ? Et pourquoi chuchotes-tu ?

— Parce que… Tu sais bien.

— Non, je ne sais pas.

— A cause de… l'espionnage, précisa-t-elle, plus bas encore.

James secoua la tête en soupirant.

— Ça s'appelle une étude de marché, Danica ! Toutes les entreprises ont recours à ce genre de méthodes. Alors, s'il te plaît, essaie de surmonter ton aversion pour les activités qui sont les tiennes.

La conception qu'avait Dani d'une étude de marché était très éloignée de ce qu'elle faisait là. Elle s'enorgueillissait d'ailleurs si peu de la tâche qui était la sienne qu'elle n'en avait parlé à personne. Pas plus à sa mère qu'à ses sœurs. En dehors de

James, les seules personnes à connaître la vraie nature de son travail étaient Marissa et Grace.

Et elle tenait à ce qu'il continue d'en être ainsi.

— Je veux tout savoir sur eux, et sur leurs membres.

La façon insistante dont il la fixait la fit presque frissonner.

— Tu ne suggères tout de même pas que je…

— Que tu les rencontres ? Si, justement ! Il faut que tu les voies, que tu les incites à parler. Nous saurons ainsi s'ils sont satisfaits des services du site.

Les épaules de Dani s'affaissèrent. Quand James lui avait annoncé qu'elle devrait aborder toutes les facettes du marketing *via* internet, pas un instant elle n'avait imaginé en arriver là.

— Je ne peux pas faire ça, James. Je ne veux pas donner de faux espoirs à ces gens…

— Allons donc ! Ils seront ravis. N'importe quel type au monde serait ravi de passer un moment avec toi, tu peux me faire confiance.

S'il y avait quelqu'un qui ne lui inspirait aucune confiance, c'était bien James ! Elle comprenait toutefois le sens de ses propos. Captivés par ses courbes, la plupart des hommes ne cherchaient pas à découvrir sa personnalité.

— Ecoute… je ne trouve pas que ce soit une bonne idée.

— Où est le problème, Danica ?

Il semblait contrarié, cette fois.

— Je te demande seulement de rencontrer ces types pour prendre un café, bavarder. Pas plus. Sauf si tu en as envie, évidemment.

— Je persiste à penser…, dit-elle d'une voix étranglée.

Il ne la laissa pas poursuivre.

— Pourquoi ne pas commencer par celui qui te faisait rire il y a une minute ?

Elle réprima un sourire. La perspective de rencontrer Bigbrother n'était pas pour lui déplaire, loin de là — surtout avec la bénédiction de son patron ! Il n'en restait pas moins, en revanche, que le procédé lui déplaisait souverainement.

— James, je ne…

Mais il s'était déjà approché et se penchait vers l'écran pour prendre connaissance du mail qu'elle venait de recevoir.

— Bigbrother ? Tiens, tiens…

Dani, qui l'observait du coin de l'œil, serra les poings en le voyant arborer un sourire presque carnassier. Elle ne voulait pas blesser celui avec lequel, sans le vouloir ni même s'en apercevoir, elle avait commencé un semblant de dialogue.

— Clique sur « répondre », lui ordonna James.

Elle ne le fit pas; cela lui était impossible.

A cet instant précis, elle aurait présenté sa démission avec un immense plaisir. Mais cela aussi lui était impossible. Elle avait des obligations familiales et devait rembourser son prêt étudiant. Sans le salaire que lui versait James, jamais elle n'y parviendrait. Car c'était là l'un des rares points positifs de son patron : il payait très bien.

James, qui s'impatientait manifestement, cliqua lui-même sur « répondre ».

— Propose-lui de le rencontrer pour boire un café.

— Mais… je n'en ai pas envie ! Je ne sais rien de lui !

Rien, en effet, sinon qu'il avait réussi à éveiller son intérêt. Elle le trouvait si différent de tous ceux qui avaient tenté de l'approcher…

— Si tu ne le fais pas, je m'en charge, dit-il d'un ton ferme.

Comme elle l'en savait capable, elle tendit aussitôt les mains vers le clavier.

— Inutile, je vais m'en occuper.

Elle avait espéré qu'il s'en irait, satisfait de cette réponse. Il n'en fit rien.

— Tout de suite, ajouta-t-elle en le voyant crisper les mâchoires.

Il ne bougea pas pendant qu'elle tapait en quelques mots l'invitation.

— Précise bien que c'est toi qui l'invites. Pour certains, c'est important.

Dani le maudit intérieurement. Ses échanges avec Bigbrother avaient été amusants, sur le mode léger de la séduction, et James était en train de tout gâcher.

— Ce sera donc à mes frais ? insista-t-elle.

James posa devant elle un billet de vingt dollars.

— Non, la maison invite !

Le cœur battant, elle envoya le message. La balle était désormais dans le camp de Bigbrother. Allait-il la lui renvoyer ? D'un côté, elle souhaitait qu'il ignore son invitation ou réponde par la négative : cela lui éviterait de suivre les consignes de James. De l'autre… elle espérait qu'il se manifeste car elle avait très envie de le rencontrer.

Un petit son lui annonça l'arrivée d'un message. En provenance de Blinddates ! Peut-être, pour une quelconque raison, le système avait-t-il refusé son mail et le lui renvoyait-il ?

Non. Le nom de l'expéditeur était Gymguy. Encore un « prétendant »...

— Oh oh, fit James, souriant. Il semblerait que tu sois très demandée ! Veux-tu que je t'aide à répondre à Gymguy ?

Elle soupira.

— Je sais ce que je dois faire.

Malheureusement.

— Merci, Danica.

Soulagée, elle le vit reculer.

— Je n'oublierai pas tout ce que tu fais pour notre site.

— Alors, où en es-tu ? demanda Joëlle à Bryce.

Elle venait d'entrer dans son bureau les bras chargés d'une boîte à pizza et d'un petit sac posé dessus. Lorsqu'il sentit la bonne odeur de l'origan et de la pâte bien cuite, son estomac se mit à gronder. Il regarda sa montre. 20 heures, déjà ? Il avait perdu toute notion de temps, ce qui n'avait rien de surprenant vu les événements.

— J'ai l'impression de jouer au chat et à la souris avec ces pirates ! s'exclama-t-il en soupirant. L'impression aussi que la partie ne finira jamais...

— N'oublie quand même pas de manger, lui dit Joëlle.

Il prit un morceau prédécoupé de pizza aux champignons et mordit dedans avec appétit.

— Il me semble entendre ma mère !

— Et puis, tu devrais sortir un peu… Quand ce problème sera résolu, pourquoi ne testerais-tu pas toi-même notre site ? Tu pourrais rencontrer certaines de nos utilisatrices…

L'image de Californienne avec son bandana rouge traversa de façon si soudaine et inattendue l'esprit de Bryce qu'il faillit avaler de travers.

— Toi, tu as parlé avec ma mère, répondit-il après avoir bu une longue gorgée d'eau. Ce genre de remarque n'appartient qu'à elle !

Il vit les joues de Joëlle rosir. Sa mère avait passé six mois à lui répéter sur tous les tons qu'il devrait sortir davantage, prendre le temps de « faire des rencontres ». Jusqu'au moment où il en avait eu vraiment assez et lui avait demandé de cesser de le harceler. Depuis, elle n'avait plus jamais abordé ce sujet. Il comprenait pourquoi, à présent : elle avait chargé Joëlle de la remplacer !

— Tu as créé ton profil sur Blinddates. Il devrait être toujours accessible ! Pourquoi ne t'en sers-tu que quand tu mènes une enquête sur nos clients, ou quand tu cherches à piéger des intrus malveillants ?

— Je vais te dire ce que j'ai dit à ma mère : je consacre presque tout mon temps à Blinddates et chacun y trouve son compte. Les adhérents ont la possibilité de faire connaissance, d'entamer une relation, et j'ai pour ma part celle de m'enrichir. Dans l'immédiat, je ne suis pas en mesure de m'investir moi-même dans une relation.

Il songea à son bref échange de mails avec Californienne. C'était là la seule chose apparentée à un flirt qu'il ait connue depuis des semaines — peut-être même des mois.

— Parce que tu ne peux pas... ou plutôt parce que tu ne veux pas ? insista Joëlle en le défiant du regard.

— Tu joues avec le feu ! Supposons que je décide de te virer ?

— Tu ne trouverais personne capable de me remplacer !

Elle disait vrai. Si Blinddates était son œuvre, il n'aurait cependant jamais réussi à tout mener de front sans la précieuse collaboration de Joëlle. Capable de résoudre tout type de problème, elle chapeautait l'entreprise entière.

— Es-tu aussi dure avec Connor ?

— Bien plus encore, mais il savait très bien à

quoi il s'exposait en me proposant le mariage ! Toi, en revanche, tu ignorais ce qui t'attendait quand tu m'as embauchée…, finit-elle avec une moue comique.

Il sourit.

— Je n'ai aucun regret. Pas encore, du moins !

— Si tu rencontrais la femme de ta vie sur notre site, ce serait une opération publicitaire fabuleuse, reconnais-le ! Vois tout l'intérêt qu'a déjà soulevé le cas de ta sœur…

— Ça suffit, Joëlle !

— O.K., chef. Je consens à te laisser en paix aujourd'hui, parce que tu as un petit problème à régler, mais demain…

— Dehors !

Elle quitta la pièce en riant.

Bryce dévora littéralement le repas que venait de lui apporter Joëlle. Depuis le matin, l'intrusion dans le système informatique avait mobilisé toute son énergie. A présent, c'était Californienne qui occupait toutes ses pensées.

Lui avait-elle répondu ? Il l'espérait.

Il ouvrit sa boîte de messagerie et sourit.

De Californienne à Bigbrother :

Erreur sur toute la ligne, sauf pour l'uniforme ! Le colonel a toujours été là pour Marianne. C'est ce qui fait de lui un véritable héros.

Mais je ne vous reprocherai pas ce jugement hâtif, si vous acceptez mon invitation à prendre un café, demain matin, 8 heures.

Suivait le lieu de rendez-vous. Bryce apprécia le choix de cet établissement, qui employait des gens en réinsertion.

S'il était ravi de la proposition, il s'interrogeait aussi sur le motif de cette invitation. N'avait-elle pas repoussé toute avance, jusqu'à présent ? Pourquoi l'avait-elle choisi, *lui* ? Certainement pour ses connaissances sur Jane Austen !

Qui était donc Californienne ? Et que cherchait-elle au juste ?

Quoi qu'il en soit, il avait hâte d'être au lendemain !

De Scones&Muffins :

Il est rare qu'une proposition « malhonnête » arrive juste après une tasse de café, Dani ! Amuse-toi bien...

Le message de Grace, arrivé pendant son sommeil, la fit sourire. Elle n'était qu'une boule de nerfs depuis que Bigbrother avait accepté son invitation.

« Cesse de penser à ça ! De penser à lui. »

De KangourouGirl :

Considère que tu t'acquittes d'une tâche professionnelle. Une étude de marché, en quelque sorte !

Les propos de Marissa faisaient écho à ceux de James. Ce conseil lui paraissait judicieux. Elle allait le suivre, ne pas se laisser aveugler par la photo de Bigbrother, ni même par ce qu'il avait indiqué dans son profil. Elle avait certes apprécié ce qu'il avait noté au sujet de l'importance de la famille. Cependant, elle savait par expérience que la plupart des hommes étaient prêts à dire n'importe quoi pour obtenir ce qu'ils désiraient. Bigbrother se présentait probablement sous un faux jour.

« Toi pas, peut-être, Dani Bennett ? »

Raison de plus pour ne voir en lui qu'un utilisateur de Blinddates qui lui apporterait des informations réclamées par son patron. Rien de plus.

Pourtant, ce qu'elle avait appris de lui à travers son profil lui plaisait bien. Il donnait l'impression d'être un homme intègre, un peu timide, que les événements de la vie pouvaient blesser.

Elle repoussa résolument ces pensées. Elle devait tout faire pour le tenir à distance.

Dani ouvrit son armoire et en inspecta le contenu. Il suffirait qu'elle opte ce matin-là pour une tenue peu flatteuse — qui masque surtout son tour de poitrine… — et l'intérêt que Bigbrother lui manifestait jusque-là fondrait comme neige au soleil.

Elle choisit donc pour la circonstance un ample sweat-shirt qui avait appartenu à un ancien petit ami, et un pantalon informe datant de ses années de lycée. Après avoir relevé ses cheveux en queue-de-cheval, elle mit un bandana en guise de serre-tête. Puis elle décida de ne pas se maquiller, et prit une paire de lunettes de soleil.

Lorsqu'elle fut prête, elle alla se regarder dans le miroir. Parfait. Parfaitement affreux.

Une fois sortie de chez elle, elle prit le bus jusqu'au quartier localement appelé SoMa, South of Market, où pullulaient magasins, galeries d'art et restaurants. Tandis qu'elle marchait vers South Beach et le café où ils avaient rendez-vous, un endroit réputé pour donner à ses employés une seconde chance — ce dont elle rêvait elle-même —, sa respiration formait de petits nuages de buée devant elle. Quelle que soit la période de l'année, les petits matins étaient toujours frais et brumeux, à San Francisco.

Dès qu'elle eut poussé la porte de l'établissement, une bouffée d'air chaud, chargé de bonnes odeurs de café et pâtisserie, l'assaillit.

Un brouhaha où se mêlaient les voix des clients et des bruits de vaisselle régnait dans l'établissement. Dani balaya la salle du regard. La veille au soir, elle avait regardé à maintes reprises la photo de Bigbrother. Bien assez souvent pour le reconnaître. Or, aucune des personnes présentes n'avait un visage qui lui soit familier. Sans doute n'était-il pas encore arrivé. A moins que ses lunettes aux verres fumés ne l'empêchent de voir clairement ? Elle avança vers une table libre.

— Californienne ?

Dani se tourna vers la voix masculine qui venait de s'élever derrière elle. Un homme assis à une table, près du mur aménagé en bibliothèque, l'observait. Elle plissa les yeux, l'examinant à son tour. Il lui en coûta de ne pas enlever ses lunettes pour mieux apprécier le spectacle qui s'offrait à sa vue.

Des cils noirs, fournis, ourlaient de grands yeux clairs. Ses cheveux bruns étaient assez longs pour rebiquer sur le col de sa chemise. Il donnait l'impression de s'être coiffé plutôt avec les doigts qu'avec un peigne. Sur la photo, il n'était pas coiffé ainsi. Difficile à dire, en fait, à cause de la casquette. Quoi qu'il en soit, cela changeait complètement sa physionomie... et elle ne s'en plaignait pas. Sur le moment, elle aurait volontiers passé la main sur cette épaisse crinière.

— Big… brother ? articula-t-elle.

Il acquiesça.

Le contraste entre ses cheveux sombres et ses yeux clairs était saisissant. Sur la photo il était attirant, mais bien moins que dans la réalité. Le cliché ne le dévoilait en tout cas pas tel qu'il était.

Cacherait-il quelque chose, tout comme elle ? Elle était prête à courir le risque.

Comme elle avançait vers lui, il se leva et son impression très favorable ne fit que se confirmer. Grand et bien bâti, il n'aurait pas déparé sur la couverture d'un magazine de mode. Elle allait prendre un café avec cet homme superbe !

« Calme-toi ! »

Elle lui tendit la main, et ressentit une curieuse sensation quand il la prit dans la sienne, grande et chaude, pour la serrer.

— Enchantée, dit-elle après s'être éclairci la voix.

Il hocha la tête en souriant, et écarta galamment une chaise afin qu'elle prenne place à sa table.

— Je vous remercie d'avoir proposé cette rencontre.

Comme il prononçait ces mots, Dani se surprit

à remercier James, sans qui elle n'aurait pas lancé cette invitation.

— Oh… je vous en prie.

Ils s'assirent face à face, et se regardèrent. Il était décidément superbe. Sans s'en rendre compte, elle croisa les jambes et, le buvant toujours du regard, lui sourit. Il parut un peu surpris par cette attitude.

— Je suis désolée, je ne vous avais pas reconnu, commença-t-elle.

— C'est une vieille photo. Heureusement que je vous ai reconnue, moi, grâce à la vôtre.

« La vôtre ? »

Alors seulement elle se rappela l'horrible cliché qu'elle avait choisi pour son profil sur Blinddates. Et elle se rappela aussi qu'elle avait fait en sorte, ce matin en s'habillant, de coller à cette image.

Elle comprenait mieux maintenant qu'il ait paru quelque peu étonné en la voyant prendre une pose de séductrice.

3.

Bryce vit Californienne tirer sur son immense sweat-shirt, et refoula un sourire. Elle paraissait bien faite, mais ses vêtements ne la mettaient guère en valeur. A la voir, on aurait cru qu'elle s'était habillée les yeux fermés.

Elle se moquait manifestement de l'impression qu'elle produisait, et cette assurance lui plaisait.

— Que prendrez-vous ? lui demanda-t-elle.

— Un double Américano, s'il vous plaît.

Dani prit le menu, et remonta ses lunettes sur la tête pour pouvoir le lire.

— Des toasts, un croissant ? suggéra-t-elle.

— Non, merci.

— Sûr ?

Les yeux rivés sur ceux de son interlocutrice, dont il découvrait le bleu étincelant, il hésita avant de répondre :

— Je n'ai pas faim.

Dani se leva et se dirigea vers le bar pour

commander un double américano, un moka blanc et une gaufre à la gelée de mûres.

Bryce la suivit et sortit son portefeuille de sa poche tandis que le barman, un jeune homme aux oreilles percées et aux avant-bras tatoués, s'activait à la machine à café. Mais Dani le devança et tendit à la jolie petite brune qui tenait la caisse un billet de vingt dollars.

— J'ai dit que c'était *moi* qui invitais, lui rappela-t-elle avec un sourire.

Elle ne manquait pas d'assurance, songea-t-il de nouveau. Et ce n'était pas pour lui déplaire.

— Soit. Si vous y tenez… Mais c'est *moi* qui porterai le plateau.

Ils échangèrent un long regard avant que le barman n'attire leur attention. Quelques instants plus tard, ils reprenaient place à leur table. Sitôt la première gorgée de moka avalée, Dani lâcha un petit soupir de bien-être.

— C'est exactement ce qu'il me fallait !

Bryce vit une mèche blonde glisser du bandana et frôler le bord de la tasse. Machinalement, il tendit la main pour la faire glisser derrière l'oreille de sa compagne. La texture de ses cheveux était douce, sa peau toute tiède.

Elle le dévisagea, surprise par ce geste. Se sentant

soudain ridicule, il s'empressa de se redresser et de s'adosser à sa chaise.

— Vos cheveux allaient tomber dans votre tasse…, expliqua-t-il.

— Oh…

Un sourire gêné aux lèvres, elle haussa une épaule puis lâcha une boutade :

— Les cheveux longs n'en font jamais qu'à leur tête !

— Est-ce pour cette raison que vous portez un bandana ?

Dani toucha la bande de tissu, comme si elle cherchait ainsi à vérifier qu'elle était toujours à sa place. Ce geste rappela à Bryce sa jeune sœur, lorsqu'elle jouait à la princesse, enfant, et remontait son diadème.

— En voyant votre photo avec ce bandana, je me suis demandé si vous travailliez dans une ferme…

Elle sourit.

— En fait, j'ai travaillé dans des écuries.

Il posa d'instinct les yeux sur ses mains soignées, ses ongles vernis de rose pâle. De toute évidence, elle n'exerçait plus ce genre d'activité.

— Racontez-moi ce que vous y faisiez.

— Ce n'est pas aussi palpitant que ça en a l'air ! Ma mère est employée dans une ferme située au

— *Vous* êtes bien là, me semble-t-il ?

Bryce sourit. Californienne avait sans conteste une personnalité qui lui plaisait — en dépit des soupçons qui pesaient sur elle.

Un serveur arriva et posa devant elle la gaufre à la gelée de mûres qu'elle avait commandée. La mine gourmande, elle en découpa aussitôt un morceau qu'elle porta à sa bouche.

Son verdict fut immédiat.

— Divin !

Ce comportement si naturel ne fit que renforcer l'opinion positive que Bryce avait de sa compagne. Il se réjouissait qu'elle ne fasse pas partie de ces femmes qui, en lutte perpétuelle contre les kilos, ne se nourrissaient que de produits prétendument allégés.

— Je suis là en effet, dit-il, reprenant le fil de leur conversation. Et je ne le regrette pas.

— Le bandana ne vous a donc pas effrayé ?

— Il en faut un peu plus pour m'effrayer ! Le portez-vous tous les jours ?

— Non.

Elle ajouta une cuillerée de gelée de mûres sur sa gaufre avant de reprendre la parole.

— Mais j'avoue que je trouve cela très commode les jours où je suis pressée.

— Et vous étiez pressée, ce matin ?

Elle finit sa bouchée avant de lui répondre :

— A votre avis ?

Son avis, Bryce se l'était fait depuis quelques minutes : aucune femme au monde ne se donnerait autant de mal pour se dévaloriser à ce point !

— Je dirais que… soit vous étiez en effet très pressée, soit vous avez préféré le confort à…

— … à l'esthétique, finit-elle à sa place.

Il sourit.

— C'est vous qui l'avez dit !

Dani haussa les épaules et prit le temps de déguster une autre bouchée de gaufre avant de répondre :

— J'aime bien porter des tenues confortables, mais j'admets avoir peut-être un peu négligé l'aspect visuel, ce matin… La prochaine fois, je prendrai davantage de temps pour me préparer.

— La prochaine fois ? répéta-t-il, sans parvenir à détacher le regard de sa bouche.

Quelques traces de gelée de mûres rendaient ses lèvres pleines très attirantes. Presque irrésistibles.

— C'est donc pour vous quelque chose d'habituel ?

Elle s'essuya la bouche avec une petite serviette en papier.

— Prendre le petit déjeuner dans un café ?

— Non ! répliqua-t-il en riant. Rencontrer des hommes que vous avez connus sur un site.

Elle fixa quelques instants son assiette avant de lever de nouveau les yeux sur lui.

— Vous êtes… C'est la première fois.

Bryce l'observait, en quête d'un signe prouvant qu'elle lui mentait. Mais elle ne fuyait pas son regard, le timbre de sa voix n'avait pas fléchi et rien en elle ne trahissait la moindre gêne. Ce qui n'excluait rien : elle pouvait avoir des talents de comédienne.

Il but une autre gorgée de café avant de reprendre la parole.

— Alors, quelles sont vos impressions ?

— Très favorables, jusqu'ici. Le moka est délicieux, la gaufre fondante à souhait. Dans quelques minutes, je serai sans doute en mesure de vous dire aussi ce que je pense de mon compagnon !

S'il n'était pas encore certain de pouvoir lui faire confiance, Bryce appréciait en tout cas sa vivacité d'esprit et son humour. Il se sentait bien dans ce café, en sa présence. Il se prenait à espérer que Californienne n'ait rien à se reprocher.

— Je suis novice dans ce domaine, reprit-elle après une autre bouchée de gaufre. Et vous ? Avez-vous fait beaucoup de rencontres grâce à Blinddates ?

Il fronça le nez.

— De l'avis de ma mère et de ma sœur, pas assez.

— Ah ? Pour quelle raison ?

— Elles pensent qu'il est temps que je me pose.

— Etes-vous de leur avis ?

— Non.

Il bavardait en toute liberté avec elle, chose étrange, vu la raison qui l'avait incité à entrer en contact avec elle.

— Mais en général, ma mère ne tient pas compte de mon opinion. Elle me reproche d'être toujours célibataire à la trentaine. Elle voudrait avoir des petits-enfants à gâter ! Quant à ma sœur, qui a rejoint depuis peu le camp de ma mère, elle m'envoie des liens de jeunes personnes inscrites à Blinddates, qui seraient susceptibles de m'intéresser.

— Votre sœur est plus jeune que vous, n'est-ce pas ?

— Oui, répondit-il, surpris. Comment le savez-vous ?

— Votre pseudo vous trahit. Quand on s'appelle « Grand Frère », cela signifie forcément qu'il y a plus petit dans la famille !

Il hocha la tête en souriant.

— C'est Caitlin qui l'a choisi pour moi.

— C'est mignon.

— Caitlin est une fille adorable. Une femme, plutôt. Il m'arrive d'oublier qu'elle est adulte, maintenant…

— Et comment réagit-elle, dans ces cas-là ?

— Elle me dit que je la surprotège. Que je l'étouffe. Que je la brime, même !

Dani sourit.

— Vous êtes très proches.

Ce n'était pas une question. Il hocha néanmoins la tête.

— Elle me rendait fou, quand nous étions enfants. Elle me suivait partout. Je l'aurais volontiers échangée contre un frère, mais à cette époque-là déjà, je ne pouvais pas m'empêcher de veiller sur elle.

— Réaction classique. Je veillais moi aussi sur mes trois sœurs, et pourtant il m'arrivait d'avoir envie de les étrangler ! Je me retenais parce que je savais que ma mère ne me l'aurait jamais pardonné…, finit-elle avec une grimace comique.

— Ce doit être terrible, trois sœurs cadettes. Une déjà…

Ils échangèrent un regard complice et, au même moment, laissèrent échapper un petit rire.

— Elle s'est d'ailleurs fiancée tout récemment avec quelqu'un qu'elle a connu sur Blinddates.

— Oh ! voilà une bonne nouvelle !

— Elle est aux anges.

Il se rappelait Caitlin tout excitée lui montrant sa bague de fiançailles, le remerciant d'avoir créé ce site où elle avait trouvé son prince charmant. Ce jour-là, il n'avait pas regretté une seule des nombreuses nuits blanches passées à construire ce site de rencontres.

— Le programme destiné à regrouper les gens par affinités serait donc efficace : ma sœur et son fiancé en sont la preuve !

Dani posa sa fourchette dans l'assiette.

— Vous y croyez vraiment ?

Il comprenait qu'elle affiche un certain scepticisme. Imaginer qu'une machine soit capable de générer des histoires d'amour relevait de l'impossible.

— Oui. Confier à ce programme le soin de rassembler les gens destinés à s'entendre me semble assez judicieux.

Elle fronça le nez.

— J'ai du mal à admettre qu'un ordinateur puisse être plus doué que moi dans ce domaine…

— Voilà pourquoi vous n'avez jusqu'ici accepté aucun rendez-vous ?

— Eh bien…

Ce moment d'hésitation alerta Bryce. Comme elle restait silencieuse, il insista, souriant.

— Oui ?

— Peut-être, dit-elle après s'être éclairci la voix. Le programme a fonctionné aussi pour une amie à moi, qui vit à Londres. Elle s'est mariée et attend un enfant.

— Je le dirai à ma sœur. Elle voudrait que tout le monde soit aussi heureux qu'elle.

— En fait, j'ai deux amies pour lesquelles le système s'est avéré concluant. Celle qui est enceinte, et une autre qui vient de se fiancer. Je les ai d'ailleurs connues toutes les deux sur le site. Elles me poussent à sortir davantage. Je sais bien qu'elles sont animées de bonnes intentions, mais…

— Mais vous n'aimez pas qu'on exerce sur vous ce genre de pression.

— Absolument.

Elle repoussa son assiette et but une autre gorgée de café. Bryce constata une fois de plus qu'elle paraissait tout à fait à l'aise.

— Par chance, ma mère se moque bien que je me marie ou pas.

— Elle ne vous harcèle pas pour devenir grand-mère ?

— Pas du tout. Elle veut seulement que nous nous consacrions à ce qui nous plaît, et que nos rêves — quels qu'ils soient — se réalisent.

Quels pouvaient bien être les rêves de Californienne ? se demanda Bryce.

— Elle a l'air très bien, votre mère.

— Il n'en existe pas de meilleure au monde.

Sa voix s'était adoucie, son regard aussi.

— Elle nous a élevées seule. Nous n'avons pas toujours dormi dans des palais, mais nous avons toujours mangé à notre faim et, surtout, nous n'avons jamais manqué d'amour.

Suspendu aux lèvres de Californienne, Bryce comparait sa propre enfance, dorée, à la sienne. Les évidentes difficultés matérielles qu'avait traversées sa famille expliquaient peut-être son comportement, ses réticences à soigner sa tenue pour un premier rendez-vous.

Il avait pour sa part grandi dans une superbe demeure, et eu bien plus de jouets et de vêtements que nécessaire. A ce tableau s'ajoutaient les maisons de vacances, la valse des beaux-parents, ainsi que le capital placé à son intention et auquel il n'avait jamais touché.

Ses parents l'avaient aimé, aucun doute là-dessus, mais absorbés comme ils l'étaient par leur vie, leurs différents mariages, il leur était arrivé souvent de les confier, Caitlin et lui, à des gouvernantes.

— Je suis maintenant consciente de ce que m'a

apporté ce genre d'existence, reprit Dani. Je suis devenue quelqu'un de plus fort, plus résolu.

— A quoi ?

— A réussir. A prouver à la terre entière que je vaux plus que je n'en ai l'air !

Elle avait redressé le menton en prononçant ces mots.

— Je dois vous paraître bien arrogante…, ajouta-t-elle, presque gênée par son attitude.

— Non.

Bien qu'ils soient issus de milieux très différents, Bryce comprenait sa position. Une position qu'il défendait. C'était pour cette raison qu'il avait accepté un poste de créateur de sites web. Il avait voulu se battre avec ses propres armes, montrer ce dont il était capable, sans compter sur les investissements faits par son grand-père une centaine d'années auparavant.

— Je pense qu'il est important de tracer son propre chemin, surtout si les gens ne nous en croient pas capables.

Dani tendit alors la main par-dessus la table, et la posa sur celle de son compagnon.

— Certainement !

Il hocha la tête, évitant de regarder cette main dont le contact lui procurait une si agréable sensation de chaleur. Il s'agissait d'un geste amical, rien de plus. D'ailleurs, elle s'était déjà ressaisie et, de cette même main, prenait sa tasse de moka.

— Je veux acheter une maison à ma mère. Oh ! rien de bien luxueux... Je souhaite seulement qu'elle ait quelque chose qui lui appartienne. Nous avons toujours navigué de location en location, dans des endroits quelquefois à peine décents.

— C'est un but tout à fait louable.

— Qui me motive, c'est certain.

Bryce, qui l'examinait toujours, cligna des paupières. Californienne lui faisait jusque-là bonne impression. Elle était proche de sa famille, généreuse, amusante, intelligente. Une compagne presque idéale, en quelque sorte. Il ne devait cependant pas oublier l'objet de leur rencontre.

Je suis une espionne.

Ces mots, elle les avait bel et bien écrits. Le système de sécurité les avait repérés et signalés d'un drapeau rouge. Certes, il existait plusieurs formes d'espionnage. Elle s'était peut-être inscrite sur le site pour se rapprocher de quelqu'un qui lui plaisait, et qu'elle savait membre de Blinddates. Ou bien pour communiquer avec un petit ami, ou encore pour surveiller un ex...

— Au risque de me répéter, je vais vous reposer une question qui m'intrigue : pourquoi n'avez-vous jusqu'ici rencontré aucun membre du site ?

Il lui fallait des réponses.

— Avez-vous utilisé le programme de compatibilité ? Le questionnaire est très précis, insista-t-il.

— C'est le moins qu'on puisse dire ! répliqua-t-elle en levant les yeux au ciel. J'y ai passé un temps fou.

Cette critique, il l'avait déjà entendue.

— Le temps que l'on y passe n'est pas perdu. Vos amies et ma sœur — ainsi que tant d'autres que nous ne connaissons pas — ont bien trouvé l'amour…

— Soyons un peu sérieux, dit-elle, penchée vers lui. Qui nous prouve que les autres utilisateurs ont rempli ce questionnaire avec autant de soin que nous ? Ils ont peut-être tout simplement choisi les réponses qui leur semblaient les plus adaptées aux attentes des représentants du sexe opposé.

— Le questionnaire est justement aussi précis pour permettre de déjouer ce genre de manœuvre. Quelques tricheries ne modifieront pas ce que la personne souhaite trouver en l'autre.

Après avoir fini sa tasse de moka, Dani dévisagea son interlocuteur en silence.

— Vous avez l'air de bien connaître le programme en question, observa-t-elle.

— Je travaille dans l'informatique.

Bryce attendit les questions qui allaient suivre.

Dans la région, beaucoup de gens travaillaient dans ce secteur. Certaines femmes pouvaient toutefois se montrer curieuses afin de mieux cerner la situation financière du mari potentiel assis en face d'elles.

— Je vous plains, dit-elle simplement avant de s'attaquer au reste de sa gaufre.

Cette remarque décontenança Bryce. Californienne était-elle réellement désintéressée, ou jouait-elle un jeu ? A moins qu'elle n'ait tout bêtement faim. Cette gaufre avait l'air délicieuse.

— J'aime les ordinateurs, déclara-t-il après quelques secondes de silence. J'ajouterai que, forcément, la notion de confiance joue un rôle primordial sur internet. Dans la mesure où on a affaire à des gens qu'on ne connaît pas…

— Beaucoup de gens ne jouent pas franc jeu.

Bryce changea de position. N'était-ce pas ce dont il se rendait coupable en ce moment même ? Mais peut-être le trompait-elle elle aussi. Il était là pour protéger son entreprise et ses clients. En supposant que Californienne lui mente, il doutait que ses motifs soient aussi honorables.

— Auriez-vous eu une mauvaise expérience ? s'enquit-il.

— Vous êtes ma seule expérience.

Du moins restait-elle fidèle à sa première version…

— Vous n'avez pourtant pas l'air timide.

— Je ne le suis pas, répondit-elle sans détourner le regard.

— Ce serait donc par simple manque d'envie ?

Elle acquiesça par un hochement de tête.

Dans ce cas, pourquoi payer l'abonnement mensuel au site ? Quelque chose ne cadrait pas dans son histoire.

— Pourquoi vous êtes-vous inscrite, en tout premier lieu ?

— Je…

Elle ouvrit la bouche, la referma, et repoussa son assiette désormais vide. Il remarqua que ses joues rosissaient.

— Par curiosité peut-être…, hasarda-t-elle.

Bryce n'en croyait rien.

— N'avez-vous pas envie de rencontrer quelqu'un ?

Tout en se redressant, elle l'enveloppa d'un regard sagace.

— Pour un premier rendez-vous, je vous trouve bien intéressé par ma vie amoureuse !

— Vous marquez un point ! reconnut-il avec un petit rire.

Elle hésita puis soupira.

— Ah ? Pour être aussi caustique ?

— « Caustique » n'est pas le terme que j'aurais choisi. Sûre de vous, plutôt. Vous n'hésitez pas à exprimer le fond de votre pensée, dit-il, sincère.

S'il était hors de question qu'il lui révèle sa véritable identité, rien ne lui interdisait de lui parler lui aussi en toute franchise.

— J'ajouterai que je vous trouve très…

Comme il se taisait, elle chercha son regard.

— Très *quoi* ?

— Intéressante.

— Même dans cette tenue ? lança-t-elle, les yeux arrondis.

— Oui.

— J'aurais presque cru vous entendre dire que je suis dotée d'une personnalité extraordinaire…

Elle ne manquait décidément pas de caractère. Et ce n'était pas pour déplaire à Bryce, loin de là.

— Vous êtes dotée d'une personnalité extraordinaire, dit-il, se pliant ainsi à sa demande tacite.

Au lieu d'accueillir ces propos par un sourire satisfait, elle soupira.

— « Une personnalité extraordinaire », répéta-t-elle d'une voix morne. C'est ce que disent en général les hommes à une femme, juste avant de préciser qu'ils aimeraient l'avoir pour meilleure amie.

— Quel mal y a-t-il à commencer une relation par l'amitié ?

— Mmm… Aucun, effectivement.

— Bien. Nous avons abordé le sujet de la famille, des sites de rencontres… Que reste-t-il ?

— Le temps !

Bryce éclata de rire.

— Parlez-moi plutôt de votre métier. Dans votre profil, vous avez noté que vous êtes dans la vente.

— Exact.

Elle remonta alors la manche de son sweat-shirt, et poussa un petit cri.

— Oh ! Je n'ai pas vu le temps passer, ce qui prouve bien que c'était très agréable. Mais il faut que je me dépêche, maintenant !

— Déjà ?

— Oui.

Elle n'avait pas répondu à sa question — ce qui ne le surprenait pas outre mesure —, mais le regret qui apparaissait dans son regard ne semblait cependant pas factice.

— Je suis désolée.

— Moi aussi.

Les deux petits mots avaient franchi spontanément ses lèvres. Il regrettait bel et bien que ce tête-à-tête prenne fin, et ce en dépit des soupçons que leur entretien n'avait pas effacés.

— Je ne sais même pas comment vous vous appelez.

Elle se passa la langue sur les lèvres.

— Est-ce bien important ?

— Pas vraiment, dit-il après une courte hésitation. Je m'appelle Bryce.

Il en resta là. Il ne pouvait pas révéler son patronyme. Un simple clic sur un moteur de recherche suffisait pour faire apparaître tous les détails sur ses activités.

— Je… m'appelle Dani.

Elle accompagna ces mots d'un sourire un peu crispé, et se pencha aussitôt pour prendre son sac.

Dani lui plaisait, indéniablement, mais son côté évasif sur certains sujets n'avait pas dissipé les soupçons qui l'avaient conduit là. Mieux valait rester méfiant. Ce qui ne l'empêchait pas de la revoir, songea-t-il. Pour continuer à enquêter.

« De qui te moques-tu ? »

— Si nous dînions ensemble ? s'entendit-il proposer. Demain soir, par exemple.

— J'en serais ravie… mais je ne suis pas libre, demain soir.

— Un rendez-vous galant ?

— En quelque sorte, admit-elle en pinçant les lèvres.

De Scones&Muffins :
Alors, il est beau garçon ?

De Californienne :
Un très bel homme ! La photo qu'il a mise dans son profil ne lui fait pas honneur. On ne peut pas y voir le vert clair de ses yeux, ni la ligne pure de son profil.

De KangourouGirl :
Mmm… Très tentant, tout ça. Qu'attends-tu pour foncer ?

De Californienne :
Je le connais à peine ! Nous avons seulement pris un café ensemble.

De Scones&Muffins :
Quand vous revoyez-vous ?

De Californienne :
Aucune idée. Il voulait que nous dînions ensemble, mais je lui ai dit que je n'étais pas libre. Donc, je ne suis pas certaine qu'il se manifeste de nouveau…

Et cela l'ennuyait, bien plus qu'elle ne voulait l'admettre. Bryce avait eu une expression étrange lorsqu'elle avait décliné son invitation à dîner, et surtout quand elle avait évoqué la raison de ce refus. Peut-être aurait-elle dû modérer sa franchise, mais cette proposition inattendue l'avait surprise, tout autant que la demi-heure qu'ils avaient passée ensemble. Elle ne cessait de se rappeler des détails de leur conversation, sans toutefois se faire d'illusions, vu le poste qu'elle occupait à You&Me.

De Californienne :
De toute façon, ce n'est pas très grave. Je fais une étude de marché, ne l'oublions pas !

Une étude de marché et rien d'autre, se répéta-t-elle en consultant pour la énième fois ses messages sur sa boîte mail. Non qu'elle s'attende à ce que Bryce cherche à entrer en contact avec elle, après lui avoir dit au revoir ce matin-là. Mais en supposant qu'il décide de lui envoyer un petit mot...

De KangourouGirl :
Et pourquoi ne lui proposerais-tu pas, toi, une soirée en tête à tête ?

De Scones&Muffins :
Brillante idée, Marissa !

De Californienne :

Impossible. Je devrais soit lui mentir, soit lui expliquer pourquoi je me suis inscrite à Blinddates… et risquer en prime de perdre mon job ! Avec mon patron qui exige maintenant que je rencontre les membres qui me contactent, tout devient très compliqué !

De KangourouGirl :

Peut-être. Mais c'était aussi très compliqué entre Rick et moi. Quand les choses doivent se faire, elles se font.

De Scones&Muffins :

Exact. Jamais je n'aurais cru pouvoir aimer de nouveau, et moins encore avoir un bébé ! On ne sait jamais ce que l'avenir nous réserve, Dani…

Elle avait envie de croire ses amies, mais le doute persistait. Et le sentiment de culpabilité s'amplifiait. Depuis six mois, sa vie avait pris l'allure d'un énorme mensonge. Mensonge qui allait en augmentant, puisque James exigeait à présent d'elle qu'elle accepte des rendez-vous avec les utilisateurs du site concurrent.

Un soupir lui échappa tandis qu'elle songeait à la soirée qui l'attendait le lendemain, avec le dénommé

Gymguy. Non qu'il ait l'air déplaisant, mais dans ses mails il ne parlait que de lui. Aucune allusion à elle. Rien de comparable à… Bryce.

Les yeux rivés sur le stylo qu'il faisait tourner entre ses doigts, Bryce se massa la tempe gauche de sa main libre. Il sentait la migraine le gagner. Il avait un emploi du temps chargé, mais ne parvenait pas à se concentrer sur les tâches qui l'attendaient. Ses pensées étaient occupées par Dani.

« Je ne suis pas libre, demain soir. »

Elle avait rendez-vous avec un autre membre de Blinddates, avait-il fini par savoir.

Il aurait dû s'en moquer, et plutôt même se réjouir qu'elle ne soit qu'une utilisatrice ordinaire du site. Si ce n'est qu'il n'y avait en Dani rien d'ordinaire.

Elle l'obnubilait. Pourquoi décidait-elle subitement de rencontrer les membres de Blinddates qui lui manifestaient de l'intérêt alors que, jusque-là, elle n'avait accepté aucun rendez-vous ? Cette question l'obsédait, et ne pas en percevoir la réponse le minait. Il fallait qu'il sache ce qui s'était produit pour qu'elle change ainsi de comportement. Pas dans son propre intérêt, mais dans celui du site.

Et il savait comment s'y prendre pour y voir plus clair.

Bryce était le fondateur et P.-D.G. de Blinddates.com. Lorsqu'ils s'inscrivaient, les futurs membres signaient une charte dans laquelle ils l'autorisaient à lire tout ce qu'ils écriraient. D'un point de vue administratif, il avait accès à tout : aussi bien aux salons de chat qu'aux messages qu'échangeaient les utilisateurs. Il usait de ce droit pour modifier certains paramètres, ou lorsqu'il se trouvait confronté à un problème informatique.

Ou quand il traquait des individus animés de mauvaises intentions.

Ou potentiellement animés de mauvaises intentions, comme Dani.

Il allait donc vérifier son compte d'adhérente. Il n'y avait là rien d'anormal, se dit-il. D'un point de vue éthique, prendre connaissance des mails que s'envoyaient les membres du site était évidemment répréhensible. Toutefois, ce cas-là était différent : il effectuait des recherches.

Elle avait accepté l'invitation à dîner avant leur rencontre. Il allait en savoir un peu plus et essayer de comprendre ce que Californienne avait en tête.

4.

— Alors ? Avez-vous repéré un plat qui vous plaise ?

Dani leva le regard de la carte qu'elle consultait et le posa sur Gregg — alias Gymguy —, qui lui adressa un sourire un peu suffisant.

Blond, les dents bien blanches, le teint hâlé, il n'était pas désagréable à regarder. Beaucoup de femmes auraient apprécié ce physique, auquel Dani pour sa part ne trouvait rien d'extraordinaire. En outre, le choix de son pseudonyme restait pour elle un mystère, car il n'avait pas une carrure particulièrement athlétique.

— Beaucoup de plats, en fait, répondit-elle avec un sourire poli.

Il avait choisi un restaurant assez connu dans le quartier de Cow Hollow — bien qu'elle ait proposé qu'ils se retrouvent simplement pour boire un café —, et venait de commander une bouteille de vin d'un cru réputé. Peut-être cherchait-il à l'impressionner.

Peut-être aussi avait-il l'intention de la faire boire pour arriver plus facilement à ses fins.

— Le dos de saumon avec son chutney de canneberges me tenterait assez.

Son budget personnel ne lui permettait pas des folies au restaurant, mais James lui avait remis une somme assez rondelette pour payer le repas, pourboire compris. Elle pouvait donc commander ce que bon lui semblait. James avait certes de nombreux défauts, mais n'était pas pingre. S'il avait montré plus de qualités de cœur et de sens moral, elle aurait même pris un certain plaisir à travailler avec lui.

— Encore que..., poursuivit-elle, le filet de flétan servi avec une sauce aux noix de macadamia ne doit pas être mauvais non plus.

— Je pensais justement opter pour le flétan, dit Gregg.

Son sourire s'élargit et il ajouta :

— Pour éviter toute discussion inutile à la fin du repas, que ceci soit bien clair entre nous, Dani : ce soir, c'est moi qui vous invite.

Elle s'en voulut de l'avoir mal jugé quelques instants plus tôt, par rapport au choix du restaurant et du vin. Il cherchait seulement à être amical, charmant. A l'inverse d'elle.

Or, ce n'était pas la faute de Gregg si elle était là contre son gré. Il n'y était pour rien non plus si elle avait accepté cette invitation en se faisant passer pour ce qu'elle n'était pas. Pas plus qu'il n'était responsable du sentiment de culpabilité de plus en plus fort qui l'étreignait…

Comment échapper à la culpabilité, dans ce décor coquet, idéal pour un dîner en amoureux ? Gregg avait de toute évidence préparé cette soirée avec beaucoup de soin. Une soirée qu'elle aurait préféré passer avec Bryce.

Le souvenir de son regard clair lui fit monter un soupir aux lèvres. Elle les serra pour le refouler. Non, elle ne se lamenterait pas sur l'absence d'un homme qui ne lui avait pas donné signe de vie depuis qu'ils s'étaient quittés. Gregg au moins semblait heureux d'être là, en sa compagnie.

Elle reposa la carte sur la table.

— Merci beaucoup, mais j'avais l'intention de vous inviter.

— Je me félicite de vous avoir devancée !

Il souriait toujours, et elle se surprit à comparer ce sourire à celui de Bryce. Le sentiment de culpabilité augmenta. Il fallait impérativement que ce soit elle qui règle l'addition, pour se libérer un peu de ce poids.

A une époque pas si lointaine, elle avait un emploi qui lui plaisait, une voiture neuve, un studio avec vue sur la baie de San Francisco. Comment était-il possible qu'elle se retrouve… *là* ? Dans cette situation où elle devait accepter des invitations de parfaits inconnus, afin de renseigner son patron ?

Elle tendit la main vers son verre — d'eau, pas de vin — et but une longue gorgée. Elle ne tenait pas à avoir une relation. Pas plus avec Bryce qu'avec Gregg. Ni avec aucun autre, d'ailleurs. Les relations amoureuses étaient pareilles à de terribles virus, qui détruisaient les rêves et anéantissaient les projets d'avenir. Quand elles s'achevaient, on se retrouvait seul sans rien. Mieux valait les éviter.

Gregg prit son verre de vin et le fit tourner pour en admirer la belle couleur blonde, puis enveloppa sa compagne d'un regard admiratif.

— La photo de votre profil ne vous rend pas hommage. Vous êtes bien plus jolie en vrai.

— J'espérais inciter les gens à lire ce que j'y ai noté, au lieu de se focaliser sur ma photo…

— C'est ce que j'ai fait. Et je ne le regrette pas ! conclut-il, les yeux rivés sur sa poitrine.

Avec lenteur, Dani recula vers le dossier de

sa chaise. Bon sang ! Elle avait pourtant choisi à dessein des vêtements presque informes. Pas assez, cependant, puisque Gregg paraissait très intéressé par ses courbes.

— Si vous aviez indiqué vos mensurations, je suis sûr que votre boîte mail aurait explosé ! En tout cas, je me passerais volontiers du plat, moi, pour goûter tout de suite au dessert. Ces jolies pommes me tentent bien ! conclut-il avec un rire gras.

Dani tressaillit et le dévisagea, les yeux rétrécis. Quelle mouche le piquait ? Elle qui jusque-là le trouvait si poli…

Heureusement, elle savait comment s'y prendre avec les hommes de cet acabit. Elle ne le savait que trop, même.

— Je suggère que vous concentriez plutôt votre attention sur le flétan qui vous sera bientôt servi, dit-elle froidement.

— Et je suggère, moi, que sitôt le repas terminé, nous allions tous les deux prendre le dessert chez moi. J'habite tout près d'ici. Qu'en penses-tu ?

Elle se mordit la lèvre. Il était déjà passé au tutoiement. Situation typique…

— Mmm ? insista-t-il. Nous allons passer une bonne soirée ensemble, j'en suis sûr.

Comme elle continuait de l'observer sans mot dire, il enchaîna, avec un petit sourire :

— Sur leur profil, les femmes disent en général qu'elles recherchent une relation durable. La plupart du temps, elles veulent surtout prendre du bon temps !

— Vous avez l'air de bien connaître le sujet, remarqua-t-elle, glaciale.

Il hocha la tête, sûr de lui, et Dani eut envie de le gifler. Le mufle ! Son envie de le frapper s'amplifia quand elle le vit tendre la main vers elle, comme s'il se croyait irrésistible.

Elle recula un peu plus encore.

— Allons, cesse de faire ta mijaurée ! s'exclama-t-il avec un nouveau rire grossier.

Cette fois, c'en était trop. Dani se revit dans les couloirs du lycée, passant devant les groupes de garçons qui se donnaient des coups de coude en lui faisant des réflexions vulgaires. Dieu merci, elle n'était plus une lycéenne. Elle avait désormais assez de cran pour renverser la situation. Comme il se penchait au-dessus de la table pour essayer à tout prix de la toucher, elle prit d'une main ferme son verre d'eau et lui en lança le contenu au visage.

— Mais que… Espèce de garce ! s'écria-t-il.

Le silence s'était fait autour d'eux. Dani, qui bouillait de rage, avait l'impression que les battements de son cœur résonnaient dans tout le restaurant.

— Tu vas me le payer ! poursuivit-il en se levant d'un bond.

— Y a-t-il un problème ?

Une voix masculine venait de retentir derrière elle. Dani se retourna.

Bryce !

Un mélange de surprise et de joie l'envahit. En le voyant, elle réalisa que, depuis le début de la soirée, elle s'était efforcée — sans grand succès — de le chasser de son esprit. Et il se tenait maintenant devant elle, magnifique dans un costume marron glacé.

Elle lui sourit, aux anges, avant de se rappeler qu'elle n'était pas seule. Gregg épongeait en fulminant sa chemise mouillée.

— Tout va bien, Dani ? demanda Bryce d'une voix douce, presque tendre, qui eut l'heur de laver sur-le-champ l'affront qu'elle venait de subir.

Dani sourit de plus belle et hocha la tête, soudain sûre d'elle. Elle appréciait certes son attitude protectrice, mais ne s'était pas un instant sentie en danger. L'incident ne s'était pas déroulé au fond d'une impasse mal éclairée. Avant que Bryce n'intervienne, elle avait la situation parfaitement en main.

— Oui, merci, lui répondit-elle d'une voix ferme.

Gregg, qui s'était écarté de la table, continuait de tamponner sa chemise avec sa serviette en pestant.

— J'aurais dû me méfier au premier coup d'œil ! Une fille faite comme ça ne pouvait m'attirer que des ennuis…

— Si nous allions poursuivre cette intéressante discussion dehors ? suggéra Bryce d'un ton hautain.

Dani eut du mal à s'empêcher de sourire. Elle n'avait nul besoin qu'on vole à son secours, et ne tenait certainement pas à voir deux hommes se battre pour elle. Cependant, le comportement de Bryce lui rappelait en ce moment même celui des héros de Jane Austen.

Gregg le fixait, les yeux rapprochés.

— Vous voulez vous battre ?

— Non. Je voudrais juste que Dani ait un peu plus de place pour pouvoir vous botter les fesses !

Après avoir lâché un rire qui se voulait méprisant, Gregg se dirigea vers la porte sans demander son reste.

Quelques minutes plus tard, Bryce et Dani sortirent à leur tour.

Les lampadaires éclairaient la rue animée et la

brise charriait les senteurs salées de la baie. Ils restèrent côte à côte sur le trottoir.

La circulation était dense. En entendant quelques coups de Klaxon, Dani redressa les épaules, se rappelant soudain toutes les fois où elle s'était fait klaxonner ou siffler dans sa vie. Heureusement, elle n'était plus la jeune fille d'antan, celle dont la mère effectuait de basses besognes, celle qui s'attirait les réflexions des garçons, avec sa poitrine trop opulente et ses hanches trop rondes. Celle qu'aucun ne respectait, mais que tous désiraient.

Le souvenir de cette époque-là la fit frissonner, et elle se frictionna les bras. Bryce enleva aussitôt son veston pour le lui poser sur les épaules.

— Vous aurez un peu plus chaud avec ceci, dit-il avec ce sourire qui lui plaisait déjà tant.

Le vêtement avait la chaleur de son corps, l'odeur de sa peau. Profitant d'une occasion qui ne se représenterait sans doute plus, elle s'abandonna à ces délicieuses sensations.

— Merci.

— Je vous en prie.

— Quelle coïncidence que vous ayez choisi justement ce restaurant, ce soir !

Bryce regarda un taxi qui venait de démarrer et hocha la tête.

— J'allais passer une commande à emporter, et

puis je me suis dit que ce serait plus agréable de dîner là plutôt que rentrer chez moi pour manger seul.

Il n'avait donc pas rendez-vous avec quelqu'un ? Dani se sentit soudain plus légère et se reprocha cette réaction.

— De toute façon, vous aviez la situation bien en main, reprit-il, et vous n'aviez pas besoin d'aide.

— Ce qui ne m'a pas empêchée d'apprécier le renfort !

— Bigbrother, pour vous servir ! dit-il avec humour, sur le ton du slogan publicitaire.

— Nous formons une équipe de choc !

— En effet. Mais ce genre d'incident n'aurait pas dû se produire.

Elle serra les lèvres, attendant la litanie habituelle. Il allait sans doute ajouter qu'elle seule était à blâmer si les hommes réagissaient ainsi, que tout était sa faute, qu'elle l'avait bien cherché...

— Ce type est un crétin fini, poursuivit-il. Vous ne méritez certainement pas d'être traitée de la sorte. Il devrait être exclu de Blinddates !

Dani exhala un soupir, puis sourit. Ces mots lui mettaient du baume au cœur. Elle appréciait décidément le soutien de cet homme, et appréciait tout autant qu'il ne profite pas de la situation pour se mettre en valeur. Il se comportait en véritable gentleman.

— Je pense que je vais porter plainte sur le site, dit-elle.

— Ce serait une bonne idée. Il sera rayé de la liste des utilisateurs.

— Rien ne l'empêchera de s'inscrire sur un autre site…, observa-t-elle en grimaçant. Nous venons d'être confrontés à l'aspect le plus noir des sites de rencontres. Certaines personnes, quel que soit leur sexe, ne recherchent que des relations sans lendemain.

— En principe, Blinddates est réservé à celles et ceux qui veulent s'investir dans une relation.

Elle remarqua qu'il paraissait contrarié.

— Il y a partout des gens qui ne respectent pas les règles, Bryce, même sur Blinddates.

— Ces gens-là devraient s'inscrire sur des sites à la réputation moins sérieuse, comme You&Me par exemple.

Dani se raidit. Ces mots lui avaient fait l'effet d'une gifle. Une gifle d'autant plus forte qu'elle partageait l'avis de Bryce. Comment réagirait-il, s'il découvrait la vérité sur elle ?

Il lui plaisait, elle ne pouvait le nier. Raison de plus pour le tenir à distance tant que sa situation professionnelle n'aurait pas évolué. Par la suite, peut-être…

— Je vais rentrer chez moi et vous laisser dîner en paix, dit-elle.

— J'ai fini de dîner.

Ils étaient face à face, tout près l'un de l'autre. Les bruits de la rue s'estompaient, les formes devenaient floues. Dani avait l'impression qu'ils étaient seuls au monde, que cette douce soirée leur appartenait à eux et à eux seuls. Cette sensation la remplissait de bonheur.

Non. C'était absurde. Elle ne le connaissait pas et il ignorait qui elle était vraiment, ce qui, dès le départ, faussait leur relation.

— Vous n'avez pas eu le temps de dîner, n'est-ce pas ? Voulez-vous que nous retournions dans ce restaurant ? Nous pouvons aussi en choisir un autre.

Oui… Non… La vie était injuste ! Pourquoi avoir placé Bryce sur sa route à ce stade de son existence ? Séduisant, intelligent, attentionné, il correspondait tout à fait à l'homme qu'elle rêvait de rencontrer. Dans cinq ans. Quand sa carrière aurait emprunté une tout autre voie, quand elle serait prête à s'engager…

Envisager une relation sérieuse dans l'immédiat

relèverait de la folie. Un tel désordre régnait dans sa vie…

— Merci, mais je vais plutôt rentrer chez moi.

— Dans ce cas permettez-moi de vous accompagner jusqu'à votre voiture.

Sa voiture, elle avait dû la vendre après son licenciement.

— J'ai pris l'autobus.

— Je peux vous accompagner chez vous avec la mienne, alors.

Au moment même où il prononçait ces mots, Bryce se traita d'idiot. Dani venait de vivre un épisode pénible avec un homme qu'elle avait « connu » sur le site. La proposition qu'il venait de lui faire pouvait prêter à confusion.

Il risquait de tout gâcher par sa précipitation. De gâcher… le déroulement de son enquête, bien sûr. Rien d'autre.

— Je vais plutôt appeler un taxi, suggéra-t-il donc.

— C'est très gentil, mais j'ai l'habitude de prendre le bus.

— Il se fait tard. Je réglerai la course.

— Je suis une grande fille, Bryce, dit-elle avec un sourire.

— Après vous avoir vue à l'œuvre, je sais bien

que vous êtes capable de vous défendre seule ! Mais je crois que vous devriez éviter tout autre éventuel problème, ce soir.

La mine butée qu'elle lui opposa lui rappela celle qu'affichait sa sœur lorsqu'elle avait décidé d'agir à sa guise. Il savait donc à quel moment se rendre.

— Soit. Si vous êtes décidée à rentrer chez vous en bus, permettez-moi au moins de vous accompagner jusqu'à l'arrêt le plus proche.

C'était bien le moins qu'il puisse faire. Il se sentait coupable d'avoir obtenu des informations à son sujet en consultant ses mails. Contrairement à ce qu'elle pensait, ce n'était pas le hasard qui l'avait conduit à ce restaurant.

Au souvenir de la scène à laquelle il avait assisté, Bryce serra les poings. Il déplorait que des personnages tels que ce Gregg puissent s'inscrire sur Blinddates. Hélas ! aucun filtre ne permettait de détecter leurs intentions, s'ils prenaient soin de les camoufler.

Il avait envie de protéger Dani — au même titre que tous les membres du site qu'il avait créé. Envie aussi de la prendre dans ses bras — attitude peu professionnelle, certes.

— D'accord, dit-elle alors avec un sourire, brisant le fil de ses pensées.

Comme ils marchaient côte à côte, Bryce reprit la parole.

— Je n'aurais pas dû vous proposer de vous raccompagner chez vous. Après les événements de la soirée, je comprends bien que vous ne teniez pas à monter en voiture avec quelqu'un que vous venez tout juste de rencontrer. Je n'ai rien d'un pervers, mais pour le moment vous êtes obligée de me croire sur parole.

Dani se tourna vers lui en riant.

— Je dois admettre que j'ai du mal à vous imaginer en train de brandir un couteau, le regard fou !

— Quand vous me connaîtrez, vous découvrirez que je suis quelqu'un d'inoffensif.

Ils venaient d'arriver au coin de la rue, et Dani appuya sur le bouton réservé aux piétons pour faire passer le feu au vert.

— « Quand je vous connaîtrai » ? répéta-t-elle.

— Il faudra bien que je cesse d'être pour vous un inconnu. Qui sait, vous risquez un jour d'avoir besoin que je vous raccompagne chez vous en voiture !

Elle leva les yeux vers lui, et il se réjouit de ne voir aucune trace de désapprobation dans son regard. Californienne était prête à le suivre sur cette voie-là.

— Pour mieux nous connaître, il faudrait que nous prenions le temps de bavarder ensemble, reprit-il. Devant des plats appétissants, par exemple... Vendredi soir ?

— *Ce* vendredi ?

Il acquiesça et attendit, se rappelant que la patience était une vertu.

— D'accord, dit-elle après quelques secondes qui lui parurent interminables. C'est une bonne idée.

Bryce eut du mal à cacher sa joie tandis qu'ils traversaient en direction de l'arrêt de bus. Une minute plus tard, un autobus s'immobilisait devant eux dans un concert de grincements qui précéda l'ouverture des portes.

— Vous êtes sûre de ne pas préférer prendre un taxi ?

— J'aime bien le bus.

Sur le point de monter à bord, Dani s'immobilisa.

— Oh ! Votre veste !

Elle commençait à l'enlever quand il l'arrêta d'un geste de la main.

— Gardez-la, Dani. Vous ne voudriez pas risquer de prendre froid ? Vous me la rendrez vendredi.

Elle monta les marches et se tourna vers lui, souriante.

— Merci pour tout !

Comme il lui adressait un petit salut de la main, Bryce se rendit compte qu'il n'avait aucune envie de la voir s'en aller.

— J'espère qu'aucun incident ne surviendra pendant le trajet… Envoyez-moi un mail quand vous serez rentrée.

Elle hocha la tête.

— Au revoir, Bryce !

— Bonne nuit, Dani.

Alors qu'il regardait s'éloigner l'autobus, il se sentit soudain très seul.

Une heure plus tard, Bryce fixait l'écran de son ordinateur portable. Sa boîte mail ne contenait aucun message de Dani. En quelques clics, il bascula sur Blinddates et constata qu'elle ne s'y était pas rendue récemment.

Il soupira puis, d'un geste nerveux, glissa les doigts dans ses cheveux. Pourquoi mettait-elle autant de temps à rentrer chez elle ?

Il aurait dû insister pour qu'elle prenne un taxi, mais son cerveau semblait fonctionner au ralenti… depuis ce petit déjeuner en compagnie de

Californienne. Etait-ce bien la veille ? N'y avait-il que quelques heures qu'il la connaissait ?

Le vif intérêt qu'il lui portait l'étonnait d'ailleurs presque. Dani était certes jolie, mais il avait connu des femmes plus belles.

Ce soir, tout comme lors de leur première rencontre, elle ne portait aucune trace de maquillage. Il aimait ce visage frais ; il aimait aussi son léger parfum vanillé.

Il ne devait cependant pas oublier la raison qui l'avait poussé à entrer en contact avec elle. Avait-il affaire à quelqu'un de malveillant ? Rien dans son attitude ne le laissait deviner.

Il songea à sa réaction lorsqu'il l'avait rejointe, au restaurant. Son soulagement et sa joie avaient été spontanés, sincères. Aucune actrice au monde n'était capable d'une telle performance.

Elle n'avait jusque-là pas multiplié les rencontres, ce qui ne faisait pas d'elle une coupable en puissance. Soit. Elle s'était aussi très bien tirée d'affaire toute seule face au dénommé Gymguy. Cette fois encore, soit. Devait-il de ce fait la considérer comme quelqu'un de dangereux ?

Je suis une espionne.

Ces mots avaient alerté le système de sécurité. Cela dit, pris hors de leur contexte, bien des propos pouvaient paraître alarmants.

Il resterait néanmoins prudent. Blinddates.com était sa priorité absolue.

Le téléphone sonna alors, et Bryce soupira. La seule personne qu'il aurait eu envie d'entendre n'avait pas son numéro. Sur l'écran, il vit s'afficher le prénom de sa sœur. Caitlin ne l'appellerait pas à cette heure sans raison précise.

— Oui, sœurette ? Que se passe-t-il ?

— Maman ne veut pas que papa assiste au mariage avec sa nouvelle petite amie ! annonça-t-elle sans préambule. Et elle voudrait que ce soit moi qui le lui dise. Or, si j'aborde le sujet, il risque de ne pas venir du tout. Il aurait peu de chances de remporter le prix du meilleur père, je te le concède, mais je tiens absolument à ce qu'il soit à mon mariage !

Les traits tendus, Bryce se passa la main sur la nuque. Les accents désespérés qu'il percevait dans la voix de sa cadette l'affectaient. Les remous provoqués par le divorce de leurs parents, survenu bien des années plus tôt, ne s'étaient toujours pas apaisés. Il se rappelait encore les disputes, les cris qui avaient précédé leur séparation.

— Ne t'inquiète donc pas, répondit-il avec un rire sarcastique. D'ici là, il aura épousé cette petite amie.

— C'est ce que j'ai dit à maman. Et elle s'est

énervée encore plus ! On pourrait croire qu'ils se seraient calmés, après un divorce qui remonte à vingt ans et une bonne douzaine de remariages… eh bien non !

Bryce lança un regard à la pile de journaux qu'il avait encore oublié de déposer dans le bac de recyclage, et s'assit sur le bord du canapé.

— Je vais l'appeler.

— Merci. Je savais que je pouvais compter sur toi.

— Il faut bien que les grands frères servent à quelque chose !

Cette boutade, fréquente entre eux, fut suivie d'un silence.

— Tu vas bien ? lui demanda alors Caitlin. Je ne sais pas, je te trouve… différent.

Il se tourna vers son portable, posé sur la table basse.

— Je suis en train d'attendre quelque chose.

— Et tu n'as jamais aimé attendre. Rappelle-toi les veilles de Noël, quand tu te réveillais la nuit parce que tu voulais ouvrir tes cadeaux !

— J'avais dix ans.

— Tu en as trente-deux, maintenant, mais tu n'as pas beaucoup changé.

— Merci, sœurette !

— Je t'en prie. Alors, qu'attends-tu au juste à cette heure ?

— Un mail.

— J'espérais t'entendre répondre : « une femme ».

Il refusa d'entrer dans ce jeu. Comme il ne disait rien, Caitlin enchaîna :

— N'oublie pas qu'il te faudra une compagne pour le mariage. Sinon tu passeras ton temps à fuir toutes les célibataires… et quelques femmes mariées en prime !

— Elles ne me font pas peur. Cela dit… il n'est pas impossible que je vienne accompagné.

— Ah ?

Il eut l'impression de voir le regard de sa sœur s'illuminer.

— Qui est-ce ?

— Une femme.

— Je m'en doute, Bryce ! Mais encore ?

— Pour le moment, il n'y a rien à dire.

Inviter Dani à ce mariage ne serait sans doute pas une très bonne idée, compte tenu des circonstances.

— Mais si la situation évolue, je te tiendrai au courant.

— Promis ?

Excitée comme elle l'était, Caitlin ressemblait

davantage à une petite fille qu'à une future mariée. Il savait qu'elle ne tarderait pas à joindre leur mère pour lui annoncer la nouvelle. Qui sait, celle-ci accorderait peut-être ainsi moins d'importance à la dernière conquête de son ex-mari…

— Promis. Mais inutile de te faire trop d'illusions.

— Trop tard ! riposta Caitlin en riant. Que tu consentes à t'éloigner de ton ordinateur pour rencontrer une femme, relève déjà pour moi de l'exploit !

— Tu exagères un peu, Caitlin.

Un petit son retentit sur son ordinateur, annonçant l'arrivée d'un mail. De Dani.

— Ah, le voilà enfin ! s'exclama-t-il. Bonne nuit, sœurette !

Il raccrocha avant même qu'elle n'ait fini de lui répondre.

De Californienne à Bigbrother :

Me voici enfin arrivée ! Je n'ai rencontré aucun individu louche en chemin, mais je me suis fait accoster par une bande de clowns qui faisaient un spectacle de rue… et je ne suis pas sûre que ce soit vraiment mieux !

De Bigbrother à Californienne :

Bien sûr que si !

De Californienne à Bigbrother :
Ils étaient déchaînés !

De Bigbrother à Californienne :
Peut-être, mais vous avez pu rentrer chez vous saine et sauve, et c'est tout ce qui compte !
Vendredi, je suggère que nous nous retrouvions sous la rotonde du Palais des Beaux Arts à 18 h 30. J'apporterai le repas, et nous pourrons pique-niquer sur place.

De Californienne à Bigbrother :
Je me charge du dessert.

En tapant ces mots, Dani sourit. Il y avait peu de chances que Bryce lui propose de servir de dessert, à l'inverse du triste individu qu'elle avait remis à sa place ce soir !

5.

Il s'agissait d'un rendez-vous entre amis, se répéta Dani tandis qu'elle longeait les allées en direction du magnifique Palais des Beaux Arts. Voilà ce qu'elle devait garder en tête ce soir, et tout se déroulerait à merveille.

C'était d'ailleurs le conseil que lui avaient donné ses amies, Grace et Marissa. Toutes deux avaient insisté sur le fait que cette rencontre lui permettrait d'approfondir sa connaissance du site.

Bien que le conseil en question lui parût judicieux, il ne la satisfaisait pas totalement. Elle ne cherchait pas à avoir une relation amoureuse, mais avait pourtant envie de voir Bryce, de passer du temps avec lui.

Son regard fut attiré par un couple de cygnes qui traversaient le lac, élégants et majestueux. Un couple pour la vie.

Cette vision lui tira un petit soupir. Elle ne tenait pas à se marier dans un avenir proche. Or, l'idée d'une relation durable la séduisait de plus en plus. Dans sa vie, rien n'avait jamais duré bien longtemps.

Etait-ce si terrible de rêver d'un « toujours » ?

Ou d'avoir envie d'avoir avec Bryce une relation privilégiée ? Elle se sentait bien, en sa compagnie. Inutile de chercher à se persuader du contraire, de trop s'interroger. Après tout, avoir un petit ami ne l'empêcherait pas de trouver un nouvel emploi ni d'avancer dans la vie.

En arrivant au centre de la superbe rotonde de style romain, elle leva les yeux vers le dôme. Au milieu de cette gigantesque structure, elle avait l'impression d'être toute petite, dénuée d'importance. Et cette sensation lui était insupportable. Elle se battait depuis des années pour devenir quelqu'un, se faire une place en ce monde, et malgré tout il lui semblait n'être qu'une enfant impuissante.

Elle en avait plus qu'assez de cette situation dont elle perdait le contrôle, assez de lutter âprement pour rayer un à un de sa longue liste les objectifs qu'elle s'était fixés. Elle avait besoin d'un peu de légèreté, de gaité dans sa vie.

Se rappelant soudain un article qu'elle avait lu dans un journal touristique, elle frappa dans ses mains. L'écho répercuta de façon parfaite le son dans tout le dôme.

— J'adorais faire ça quand j'étais petit.

La voix de Bryce la fit sursauter. Elle se retourna et lui sourit. Il avançait vers elle, souriant, vêtu d'un polo kaki et d'un pantalon en toile beige. Dans cette tenue élégante mais décontractée, il ressemblait plus à une gravure de mode qu'à un informaticien.

— Et ça me plaît d'ailleurs toujours autant !

Après avoir posé par terre le grand sac en papier qu'il tenait, il frappa bruyamment dans ses mains et arbora une mine satisfaite lorsque le bruit résonna autour d'eux.

— Voilà qui est fait ! Je suggère maintenant que nous passions aux choses sérieuses. Autrement dit, le pique-nique !

Sur le point de prendre Dani par le bras, il s'arrêta et la regarda de pied en cap.

— Vous êtes bien jolie, aujourd'hui.

Ce compliment la fit rosir de plaisir et elle le remercia d'un sourire. Elle avait en effet cette fois renoncé aux vêtements informes qu'elle choisissait lorsqu'elle avait rendez-vous avec un homme. Cette chemise bleue et ce pantalon en toile couleur chocolat n'avaient rien d'extraordinaire, mais étaient plus seyants que les tenues dans lesquelles il l'avait vue jusque-là. Elle avait eu envie, ce matin en se préparant, de se montrer sous un jour plus favorable. Face au regard admiratif de Bryce, elle ne le regrettait pas.

— J'ai posé une couverture sur l'herbe pour réserver une place de choix, elle n'attend plus que nous. Avec un temps pareil, j'ai craint qu'il n'y ait beaucoup de monde.

— Ce lieu est très fréquenté, en effet, mais assez beau pour qu'on s'y sente bien n'importe où.

Ils allèrent jusqu'à un écrin de verdure au bord de l'eau, où ils avaient de surcroît une vue admirable de l'ensemble architectural. C'était là que Bryce avait posé une couverture bleue.

— Excellent choix, dit-elle en regardant autour d'elle. Avec ces colonnes corinthiennes et la rotonde d'inspiration romaine en toile de fond, on a l'impression de remonter le temps. Il ne manque plus que quelques gladiateurs et divinités pour compléter le décor… Merci beaucoup, Bryce.

— Je vous en prie. En fait, cet endroit a pour moi une valeur sentimentale.

Dani retint son souffle. Bryce allait-il maintenant lui parler d'une ex-petite amie, qui l'avait quitté pour un autre ? Cette perspective ne l'enchantait pas outre mesure, mais elle préférait l'écouter raconter ses déboires sentimentaux, plutôt que se trouver face à l'un de ces hommes qui ne voyaient que son corps.

— Ah ? dit-elle donc en s'asseyant sur la couverture.

— J'avais une nourrice qui adorait venir ici et qui profitait de la moindre occasion pour y organiser un pique-nique. Nous l'aimions beaucoup, Caitlin et moi. C'est l'une de celles que nous avons le plus regrettées.

Elle le dévisagea, un peu étonnée.

— Vous en avez eu beaucoup ?

Il acquiesça et commença à sortir du sac assiettes et couverts.

— Mes parents les payaient bien, mais cet argent, elles ne le volaient pas. Travailler sous leurs ordres n'était pas de tout repos !

— Ça ne doit pas être facile de confier ses enfants à des personnes étrangères à la famille.

— Je ne le ferais pas.

Il s'était exprimé d'un ton péremptoire qui la surprit, mais il ne remarqua rien, occupé comme il l'était à répartir dans leurs assiettes les plats préparés qu'il avait achetés.

— Vous envisageriez de vous en occuper vous-même, en travaillant chez vous par exemple ? Ou ce serait plutôt votre femme qui mettrait sa carrière en suspens ?

En prononçant ces mots, Dani pensa à sa mère

qui avait sacrifié la sienne pour se marier et faire des enfants.

— Je n'y ai pas vraiment réfléchi. Ce n'est pas une question qui m'intéresse dans l'immédiat.

Il lui tendit une assiette qui contenait un émincé de blancs de poulet, servi avec une sauce aux champignons et des tagliatelles.

— Merci, ça a l'air très appétissant.

— Je n'y suis pour rien ! Il y a un bon traiteur près de mon bureau. Pour en revenir à notre sujet, je sais seulement que, lorsque j'étais enfant et que je me trouvais confronté à un quelconque problème, ce n'était pas la nounou que j'allais trouver, mais mon père ou ma mère.

— Quelquefois les gens n'ont pas le choix.

Dani regarda son assiette, et se rappela les périodes où elle n'était pas aussi bien remplie.

— J'avais une dizaine d'années quand nous nous sommes installées à Los Angeles. Ma mère nous déposait, mes sœurs et moi, à la garderie de l'école tôt le matin, et venait nous récupérer tard dans l'après-midi. Elle ne pouvait pas faire autrement, puisqu'elle devait travailler dur pour nous nourrir. C'était difficile pour nous toutes, mais surtout pour elle, je pense.

Bryce hocha la tête et s'installa en face de Dani, son assiette à la main.

— Comme on dit : « Nécessité fait loi ». Avez-vous vécu longtemps à Los Angeles ?

— Juste un an. L'entreprise dans laquelle travaillait ma mère a dû réduire ses effectifs, et nous avons une fois de plus déménagé.

— J'ai vécu toute ma vie à San Francisco — sauf quand je suis parti faire mes études. Ma mère habite toujours la maison où j'ai grandi.

— Quelle chance ! J'aimerais tellement me poser quelque part et ne plus jamais en bouger…

Ils mangèrent quelques bouchées en silence.

— N'êtes-vous pas un peu jeune pour aspirer à ce genre de vie ?

Elle ne voulait pas qu'il se méprenne sur son compte.

— J'aurais dû ajouter *un jour.* Il s'agit d'un projet qui me tient à cœur, mais sur le long terme. Quoi qu'il en soit, je persiste à penser que vous avez de la chance.

Le regard de Bryce chercha le sien.

— J'en suis convaincu.

Ces mots, il les avait prononcés en la regardant droit dans les yeux, et non en se penchant pour mieux voir son décolleté. Il s'intéressait *à elle.* A ses rêves, à ses projets.

Elle avait même l'impression qu'il lisait en elle.

— Mmm… c'est vraiment délicieux.

— Oh ! Mais je manque à tous mes devoirs ! Je ne vous ai rien servi à boire. Je peux vous proposer du vin blanc, ou de l'eau pétillante citronnée.

Ses boissons préférées.

— Auriez-vous par hasard consulté mon profil avant de faire ces achats ?

— Bien entendu, admit-il avec un sourire. Si vous aviez été végétarienne, ce menu aurait été un fiasco ! Alors, que voulez-vous que je vous serve ?

L'eau aurait été plus raisonnable, mais elle opta pour le vin.

— Avez-vous regardé le mien ? s'enquit-il en débouchant la bouteille.

Elle l'avait même examiné de près, et à maintes reprises. Tout comme elle guettait de façon presque obsessionnelle l'arrivée de nouveaux mails, depuis qu'il lui avait envoyé le premier.

— Oui, je l'ai parcouru deux fois. Et j'ai remarqué que vous aimiez bien le base-ball.

— Et vous, Jane Austen. J'ai même envisagé de venir à notre rendez-vous vêtu d'une grande chemise blanche de style romantique !

— Pendant combien de temps l'avez-vous envisagé ? Une seconde ?

— A peu près ! admit-il dans un éclat de rire.

Il venait de remplir leurs verres, et en tendit un à Dani. Après en avoir bu une gorgée, elle hocha la tête.

— Exquis. Mais je croyais que vous préfériez le vin rouge ?

— Pas forcément avec les viandes blanches. Et je suppose que vous n'avez pas fait que parcourir mon profil, si vous avez retenu ce détail.

Elle piqua avec sa fourchette quelques morceaux de poulet, qu'elle dégusta lentement.

— Cette sauce aux champignons se marie vraiment très bien avec le poulet.

— Chercheriez-vous par hasard à changer de sujet ?

— Oui !

Il l'observa en souriant.

— Bon, cette fois je ne vous en tiendrai pas rigueur.

« Cette fois. » Il y en aurait donc d'autres ? Elle sentit son cœur battre plus vite et but une autre gorgée de vin.

— A en juger par nos profils et par ce que vous venez de dire, nous sommes très différents.

Bryce haussa les épaules.

— Les gens sont tous différents, Dani. Le programme de compatibilité nous a pourtant réunis.

Ce fut au tour de Dani de hausser les épaules.

— Je sais, vous n'avez aucune foi en ce programme, reprit-il.

Elle se rappela la page réservée au programme en question, où il était possible de tester sa compatibilité avec les autres utilisateurs du site. Elle s'y était rendue pour noter certains éléments qu'elle avait ensuite transmis à James.

— Voilà donc comment vous m'avez trouvée ?

Sitôt ces mots prononcés, elle les regretta. Ils laissaient entendre qu'elle était perdue, qu'elle cherchait un homme. Bryce ne parut cependant pas y prêter attention.

— Il existe de nombreux moyens de trouver des gens, sur la toile.

Dani porta de nouveau le verre de vin à ses lèvres. Elle ne tenait pas les rênes de sa vie ; tout lui échappait, en ce moment. Elle aurait tant aimé inverser la tendance, se mettre en action, prendre la direction des opérations. Mais par où commencer ?

Si seulement elle avait pu révéler à Bryce où elle travaillait et en quoi consistaient ses activités ! Hélas ! c'était impossible. En faisant cela, elle mettrait son emploi en péril et, dans la famille, tout le monde avait besoin de cette rentrée mensuelle d'argent. Il allait falloir régler les cours de sa plus jeune sœur, renouveler la mutuelle de santé de sa mère… Rien n'avait changé depuis que, six mois plus tôt, elle s'était trouvée dans l'obligation d'accepter le poste qu'elle occupait à ce jour.

Les circonstances la contraignaient à mentir à ce compagnon si charmant, mais cela ne l'empêchait pas de lui manifester sa gratitude.

— C'était une très bonne idée de proposer un pique-nique ici, Bryce. Merci beaucoup.

— Tout le plaisir est pour moi, assura-t-il avec un sourire sincère.

Le reste du repas se déroula dans un silence confortable. Ils allaient passer au dessert quand trois limousines blanches apparurent au bout de l'allée. Les portières s'ouvrirent et des éclats de rire fusèrent tandis qu'une nuée de personnes se dispersaient, parsemant le paysage de taches claires. La mariée était particulièrement jolie dans une robe en dentelle écrue, réplique des modèles du dix-neuvième siècle. Le marié avait lui aussi fière allure, dans une redingote à queue-de-pie noire.

— Voilà une grande fête de mariage…, observa Dani.

— C'est le moins qu'on puisse dire !

Dirigée par le photographe, l'assemblée se

plaça de façon à tirer le meilleur profit de ce cadre idyllique.

— Ils auront de merveilleux souvenirs de cette journée, dit Dani.

Le soleil, encore haut dans le ciel, nappait le paysage d'une superbe couleur dorée teintée de rose. Sans réfléchir, Dani sortit de son sac son téléphone portable, qu'elle mit en mode photo.

— Je ne sais pas si vous en êtes consciente, mais un homme pourrait bien se faire une idée un peu curieuse de sa compagne en la voyant manifester autant d'intérêt pour un mariage…, remarqua-t-il avec un sourire amusé.

— N'y voyez aucune arrière-pensée de ma part. Je ne suis pas une fanatique des mariages, et je ne cherche pas non plus à me marier dans un avenir proche. Mais je voudrais envoyer ces clichés à Marissa et Grace, mes deux amies. Nous nous sommes connues sur le forum « nouveaux venus » de Blinddates et, depuis, nous ne nous sommes plus quittées.

— Vous m'avez parlé d'elles il y a peu.

Il s'en souvenait donc ? Cela lui fit plaisir.

— J'ai essayé de les convaincre de me rendre visite, mais elles sont très occupées — surtout depuis qu'elles ont trouvé l'amour ! J'aime bien leur faire partager certains moments de ma vie…

d'où les photos ! Et qui sait, cela les incitera peut-être à prévoir bientôt ce voyage ?

— Peut-être, en effet.

Bryce regarda autour de lui avant d'ajouter :

— Ma sœur souhaite elle aussi que les photos de son mariage soient prises ici.

— Je la comprends. C'est un lieu idéal, si romantique…

— Je partage votre avis, mais il semblerait que des complications surgissent déjà, alors que l'événement n'aura lieu que dans quelques mois. Caitlin voudrait que les photos soient faites avant la cérémonie, afin que l'assistance puisse se rendre ensuite directement à la réception. Ma mère s'y oppose, sous prétexte que le marié ne doit pas voir la mariée avant la cérémonie. Elle prétend que cela porte malheur !

Dani, qui ne connaissait pas grand-chose à l'organisation des mariages — à part ce qu'elle avait appris par le biais de Grace et Marissa —, eut une moue qui en disait long sur son incompétence en la matière.

— Pourquoi ne pas faire appel à internet ? dit-elle soudain.

Cette suggestion lui valut un regard stupéfait de Bryce.

— Pardon ?

— Vous y trouverez sans doute le taux d'échecs matrimoniaux liés à des photos prises avant la cérémonie ! Voilà qui devrait départager votre mère et votre sœur.

Il la dévisagea quelques instants en silence.

— Brillante idée, Dani !

— Simple affaire de bon sens, plutôt. Mais merci quand même ; on ne me trouve pas tous les jours « brillante ».

— J'en déduis que vous êtes mal entourée.

Bavarder avec Bryce s'avérait facile, plaisant. Il leur arrivait de se taire, mais ces silences n'étaient jamais pesants. Elle avait l'impression de pique-niquer avec un ami de longue date, un ami qui la traitait avec égards, la couvait d'attentions. Il y avait bien longtemps qu'elle ne s'était sentie aussi détendue, aussi choyée.

— Si nous passions au dessert, maintenant ? proposa-t-elle en tendant à Bryce une boîte qu'elle venait de sortir de sa besace. J'ai fait ces bouchées au chocolat moi-même.

— Oh ! Ces petites choses sont scandaleusement bonnes. Un véritable péché ! s'exclama-t-il après en avoir goûté une.

Les joues roses de plaisir, Dani éclata de rire.

— Un péché mignon, alors…

Les yeux rivés sur elle, Bryce tendit la main

vers la jolie boîte métallique pour prendre une autre friandise. Comment une femme aussi ravissante pouvait-elle confectionner des choses aussi succulentes… et pratiquer l'espionnage ?

Il laissa fondre la fine couche de chocolat noir qui enrobait une texture crémeuse au goût de tiramisu.

— Inimaginable… le deuxième est encore meilleur que le premier ! déclara-t-il d'un ton théâtral qui la fit rire.

Bryce s'émerveillait de sa réaction si naturelle, du plaisir évident que lui procurait le moindre compliment. Dani était fondamentalement différente de toutes les femmes qu'il avait connues jusque-là, qui tenaient à fréquenter les endroits à la mode et à s'y pavaner. Elle paraissait contente d'être en sa présence, et ce quel que soit le lieu.

Content, il l'était lui aussi. Au point de prêter de moins en moins attention à la raison initiale de leur rencontre…

Dani prit à son tour une autre friandise, et il se surprit à la dévorer du regard tandis qu'elle la dégustait. Le mouvement de ses lèvres était fascinant. Sa mine gourmande, irrésistible.

— Puisque vous avez l'air de tant apprécier ces sucreries, je peux vous apprendre à les faire, proposa-t-elle alors.

Il esquissa une grimace comique.

— Je ne suis pas certain que ce soit une bonne idée. La dernière fois que j'ai voulu faire de simples frites chez ma mère, j'ai failli mettre le feu à la maison !

— Je vous rassure, ces petites choses ne nécessitent pas de cuisson. Mais pour plus de sécurité, je suggère que le cours de cuisine se déroule chez vous ! J'ai choisi le contrat d'assurance le plus élémentaire…

— D'accord, je vous prends au mot.

Il était prêt à découvrir les joies de la pâtisserie si, grâce à cela, il pouvait passer davantage de temps avec Dani. Cela faisait fort longtemps qu'il n'avait autant apprécié la compagnie d'une femme. Il avait certes de temps en temps des relations épisodiques, mais la gestion de Blinddates était restée sa priorité.

— Où habitez-vous ? lui demanda-t-elle, le tirant de ses pensées.

— Pas très loin d'ici.

Il en resta là. Il se tenait moins sur ses gardes qu'à l'accoutumée vis-à-vis de Dani, mais il ne se sentait pas pour autant prêt à lui révéler le nom du quartier où il vivait — l'un des plus chic de San Francisco.

A la fin de ses études supérieures, chaque Delaney

recevait une maison. Il s'agissait là d'une tradition familiale. Bryce avait envisagé de faire don de la sienne à une association caritative mais, d'un point de vue pratique, cela s'était avéré compliqué. Il l'avait donc mise en location et avait versé les loyers à une association locale. Jusqu'à ce qu'il se lasse de vivre en appartement, au printemps dernier, et décide de s'y installer.

— J'habitais Cow Hollow, et j'ai récemment déménagé pour Presidio Heights, ajouta-t-il pourtant après un moment de silence.

Si le nom du quartier la surprit, Dani n'en montra rien. Elle promena le regard sur la rangée de maisons élégantes qui bordaient l'autre côté de la rue.

— Très joli quartier, observa-t-elle. Il y a sur Sacramento un magasin de dégriffés qui me plaît beaucoup. Et aussi ce vieux cinéma que j'aime tant… bien que je ne fréquente plus trop les salles obscures.

— Et vous, Dani, dans quel quartier vivez-vous ?

— Inner Sunset. C'est moins couru qu'ici, mais pas désagréable du tout. Il y a beaucoup de restaurants sympathiques, le quartier est bien desservi par les transports en commun, ce qui me convient parfaitement.

— Sauf si vous tombez sur une bande de clowns en folie ! répliqua-t-il dans un éclat de rire.

Elle rit à son tour.

— En effet.

Fronçant soudain les sourcils, elle se pencha vers son sac besace, qu'elle ouvrit.

— J'ai failli oublier de vous rendre votre veste, dit-elle en lui tendant le veston soigneusement plié. Merci beaucoup, ça m'a évité de prendre froid sur le chemin du retour.

— Je vous en prie.

Bryce leva la tête vers le ciel, où le soleil avait entamé sa course vers l'horizon. Il ferait bientôt nuit, bientôt frais aussi. Le moment de se séparer n'allait pas tarder à arriver. Ou peut-être pas.

— Il n'est pas très tard, remarqua-t-il. Que diriez-vous d'une séance de cinéma ? Je peux consulter le programme sur mon téléphone portable.

Il vit les sourcils de Dani se rapprocher, ce qui signifiait qu'elle étudiait sa proposition. Très bien. C'était mieux qu'un refus immédiat.

— Pourquoi pas ?

Elle referma la petite boîte métallique qui contenait les bouchées au chocolat et la rangea dans son sac.

— Nous les finirons au cinéma.

— Il est normalement interdit d'apporter dans

une salle de cinéma de la nourriture provenant de l'extérieur…

— Observez-vous toujours scrupuleusement les règles ?

— Vous pas, je suppose.

— Pas toujours.

Il appréciait l'honnêteté, mais cette réponse venait de raviver les soupçons qu'il s'était efforcé d'étouffer. Au lieu de chercher à découvrir la vérité, il avait passé la soirée à s'amuser et à flirter.

Que lui arrivait-il ? D'ordinaire, rien ni personne ne le détournait de son but. Il ignorait toujours si Dani lui mentait ou non, et pas un instant il ne s'en était soucié durant leur pique-nique.

Il aimait ce qu'il ressentait en sa compagnie, mais il n'avait pas de temps à consacrer à une relation et n'avait donc pas le droit de la conduire sur cette voie.

A moins que ce ne soit elle, plutôt, qui l'y conduise ?

Elle était arrivée ce soir-là joliment vêtue et bien coiffée. Pas de vêtements informes, pas de bandana. Elle avait apporté à sa tenue le soin qu'apportent les femmes à un rendez-vous galant. Pour quelle raison ?

Peut-être valait-il mieux en rester là.

— Si vous êtes fatiguée…

— Pas du tout. Je serai ravie d'aller au cinéma… mais à une condition.

Bryce hocha lentement la tête. Voilà qui lui laissait la possibilité de trouver un prétexte pour se rétracter.

— Laquelle ?

— C'est moi qui vous invite.

Dérouté par cette réponse à laquelle il ne s'attendait pas, il étira les jambes. Il avait déjà dérogé à ses habitudes en lui permettant, l'autre matin, de lui offrir son petit déjeuner. Les femmes, surtout lorsqu'elles connaissaient le nom de Delaney, n'essayaient jamais de régler l'addition. Cela dit, Dani ignorait son patronyme.

— C'est moi qui ai fait la proposition, dit-il.

— Et alors ? Vous offrez le dîner, j'offre le cinéma. Où est le problème ?

Il n'y avait aucun problème. Bryce ne s'estimait ni conservateur ni macho, mais avait bien plus d'argent qu'il ne lui en fallait. Or, à en juger par certains propos de Dani, il doutait que ce soit son cas. Sans quoi elle ne prendrait pas les transports en commun, ne fréquenterait pas les solderies… Il ne voulait donc pas qu'elle dépense de l'argent pour lui — surtout dans le contexte qui était le leur.

Il fallait *vraiment* qu'il essaie de savoir quelles étaient ses intentions sur Blinddates.

— Supposons que j'aie envie de pop-corn ? Et d'une boisson ?

— Eh bien, vous les commanderez, voilà tout.

Il marqua une pause, et la dévisagea en silence.

— Etes-vous toujours aussi attachée au principe de répartition des tâches, d'égalité ?

— Oui. Et les conseils que j'ai lus sur le site n'ont fait que renforcer mes convictions.

— Le site ? répéta-t-il, un sourcil levé.

— Blinddates.com. Vous vous en souvenez, n'est-ce pas ? railla-t-elle gentiment. Il y a une rubrique consacrée à ce sujet, que j'ai trouvée très intéressante. On y explique comment se donner les moyens de construire une relation vouée au succès.

L'équipe de Bryce modifiait souvent le contenu des différentes rubriques et, cette semaine, il avait été trop occupé pour suivre de près ces changements. Entre les problèmes de piratage et Dani…

Il esquissa un sourire.

— Vous étudiez le sujet de près, me semble-t-il.

— Pas vraiment, puisque je ne suis pas à la recherche d'une relation sérieuse et durable.

Il se raidit. Lui non plus ne souhaitait pas s'investir dans une relation, mais l'entendre formuler ses intentions de manière aussi catégorique l'avait en quelque sorte choqué. Il avait soudain l'impression qu'elle voulait le tenir à distance.

— La rubrique parle-t-elle de la conduite à adopter si l'homme refuse de laisser payer la femme ?

— Elle conseille de s'en défaire dans les plus brefs délais, parce qu'il s'agit d'un tempérament autoritaire.

— Ou de quelqu'un qui est très riche…

— Je suppose que même l'homme le plus riche au monde ne verrait aucun inconvénient à ce qu'on l'invite lui aussi de temps en temps.

Elle se tut et lui sourit avant de poser sur lui un regard chargé d'espoir.

— Alors, acceptez-vous que je vous invite ?

Bryce ignorait encore si elle jouait un rôle mais, en cet instant, tout en elle n'exprimait que sincérité. Et ce qu'il entendait, ce qu'il voyait, lui plaisait.

— Avec grand plaisir.

Elle tapota son sac rebondi.

— Personne ne saura que j'ai des bonbons là-dedans !

Personne à part elle et lui, songea Bryce, et cette réflexion relança ses interrogations.

Quelles autres règles Dani transgressait-elle ?

6.

De Scones&Muffins :
Que s'est-il passé après ?

De KangourouGirl :
Ne nous laisse pas en plein suspense !

Dani se redressa dans son lit, souriant devant les messages de ses amies.

Grace et Marissa la harcelaient de questions. Rien que de très normal : elle avait fait la même chose quand elles avaient rencontré ceux avec lesquels elles vivaient aujourd'hui.

De Californienne :
Pour en revenir au cinéma, c'était un film de guerre, avec beaucoup d'effets spéciaux et d'hémoglobine.

De Scones&Muffins :
Oh ! Dani... on se moque bien de ce genre

de détails ! Ce qui nous intéresse, c'est ce qui s'est passé entre Bryce et toi.

De Californienne :
Le film était si mauvais que nous avions le choix entre partir ou en rire. Nous sommes restés, et nous avons en effet beaucoup ri !

De KangourouGirl :
Et ensuite ?

Dani fronça le nez. Elle imaginait ses amies, de l'autre côté des océans, totalement captivées par l'écran de leur ordinateur, attendant des détails plus romantiques sur le déroulement de cette soirée. Malheureusement, elle n'avait rien à leur dire. Il n'y avait pas eu de regards enflammés, de baisers passionnés.

De Californienne :
Ensuite, il m'a raccompagnée chez moi et nous nous sommes souhaité bonne nuit.

De Scones&Muffins :
T'a-t-il embrassée ?

De Californienne :
Non.

De KangourouGirl :
Et toi, l'as-tu embrassé ?

De Californienne :
Non.

A la vue des deux « non » sur l'écran, Dani éprouva un petit pincement au cœur. Regret ? Déception ?

Réaction stupide de sa part, elle l'admettait, mais elle n'avait pas l'habitude de fréquenter des hommes qui ne la dévoraient pas du regard et ne cherchaient pas à l'embrasser dès la première soirée passée ensemble.

D'autant que, cette fois, elle n'aurait pas dit non…

De Californienne :
Il y a bien eu ce moment où nous avons failli nous embrasser…

De Scones&Muffins :
Ah ? Raconte !

De Californienne :
Eh bien… nous nous sommes penchés en même temps vers le paquet de pop-corn, et…

De KangourouGirl :
Et ?

EDI 2187 - Encart Horizon mars 2010

DÉTACHEZ SELON LES POINTILLÉS ET POSTEZ AUJOURD'HUI MÊME.

❒ **Oui,** envoyez-moi mes **2 livres Horizon gratuits** et mes **2 cadeaux surprise**. Les frais de port me sont offerts.

J'accepte de recevoir ensuite chaque mois 4 livres de la collection Horizon, simplement en consultation, au prix exceptionnel de 3,85 € le volume (au lieu de 4,05 €), auxquels viennent s'ajouter 2,80 € de participation aux frais de port. Je n'ai aucune obligation d'achat et je peux retourner les livres, frais de port à ma charge, sans rien vous devoir, ou annuler tout envoi futur, à ma guise. Il en sera ainsi tous les mois tant que je le voudrai. **Dans tous les cas, je conserverai mes cadeaux.**

N° ABONNÉE (SI VOUS EN AVEZ UN) |_| |_|_|_|_|_|_|_|

❒ Mme ❒ Mlle

NOM .... PRÉNOM ....

ADRESSE...

.... CP |_|_|_|_|_|

VILLE ....

N° DE TÉLÉPHONE |_|_|_|_|_|_|_|_|_|_|

DATE DE NAISSANCE ....

EMAIL ....

Offre valable jusqu'au 30/09/2010. Vous recevrez votre colis 20 jours environ après réception de cette carte.

OCØEØ1

❒ Oui, je souhaite recevoir les offres promctionnelles des Éditions Harlequin par e-mail.

❒ Oui, je souhaite recevoir les offres promotionnelles des partenaires des Éditions Harlequin par e-mail.

Cette offre – soumise à acceptation - est valable en France métropolitaine uniquement jusqu'au 30 septembre 2010 à raison d'une demande par foyer. Prix susceptibles de changement. Réservé aux lectrices de plus de 18 ans qui n'ont pas encore demandé de livres gratuits. Photos non contractuelles. Conformément à la loi Informatique et Liberté du 6 janvier 1978, vous disposez d'un droit d'accès et de rectification aux données personnelles vous concernant en vous adressant au : Service Lectrices Harlequin – BP 20008 - 59718 Lille cedex 9. Les informations demandées sont nécessaires à la gestion de votre commande et le suivi de la relation commerciale. Si vous ne souhaitez pas recevoir nos offres promotionnelles, cochez ci-contre ☐ Y. Par notre intermédiaire, vous pouvez être amenée à recevoir des propositions commerciales de nos partenaires. Si vous ne le souhaitez pas, cochez ci-contre ☐ O.

ECOPLI **T**

20 g
Validité permanente

HARLEQUIN
AUTORISATION 59031
59789 LILLE CEDEX 9

De Californienne :

Et nous nous sommes regardés dans le noir. Assez longtemps. Nous étions tout près l'un de l'autre. J'ai eu très envie de l'embrasser, mais je ne l'ai pas fait…

De Scones&Muffins :

Pourquoi ?

De Californienne :

Je trouvais déplacé de l'embrasser, alors qu'il ne connaît pas la vérité à mon sujet.

De KangourouGirl :

C'est sérieux…

De Scones&Muffins :

Archisérieux, même ! Sans ça, tu ne te soucierais pas de sa réaction, s'il apprend un jour en quoi consiste ton job.

De KangourouGirl :

Avez-vous décidé de vous revoir ?

De Californienne :

Non, mais…

De Scones&Muffins :

Il te plaît !

De Californienne :

Plus que j'aurais pu l'imaginer... Pourtant, nous venons à peine de nous rencontrer. Et ça m'ennuie vraiment de lui cacher la vérité.

De Scones&Muffins :

Si ça te gêne à ce point, dis-la-lui.

De KangourouGirl :

Il finira bien par l'apprendre, si vous continuez à vous voir.

C'était bien le problème ! Faire preuve d'honnêteté envers Bryce risquait d'avoir de fâcheuses répercussions sur son emploi. Or, elle ne pouvait pas se passer de cet argent, sans quoi elle aurait démissionné depuis longtemps. Elle venait déjà de perdre six mois de sa vie à You&Me.com.

De KangourouGirl :

Si tu n'es pas encore sûre de toi, attends. Quand le moment sera venu, tu le sauras.

Dani l'espérait. Cependant, lorsqu'ils aborderaient le sujet de leurs emplois respectifs, Bryce comprendrait-il qu'elle ait accepté de se livrer à de telles manœuvres ?

De Scones&Muffins :

Réfléchis à ce que tu veux vraiment, Dani. Après tout, qu'as-tu à perdre ?

« Mon emploi. Mon cœur. »

En ce moment, elle était trop troublée pour savoir ce qu'elle préférait préserver. Les deux étaient en jeu. Peut-être valait-il mieux ne pas revoir Bryce.

Le vert clair de ses yeux lui revint soudain à la mémoire, et, sans même s'en apercevoir, elle secoua la tête.

Le samedi matin, Bryce s'étira plusieurs fois dans son lit avant de réussir à se lever. Il y serait volontiers resté plus longtemps. Malheureusement pour lui, Caitlin souhaitait qu'ils se retrouvent dans une heure pour prendre un brunch ensemble. Or, non seulement il avait peu dormi, mais il n'avait pas faim.

Tout cela parce qu'il était obnubilé par quelque chose. Quelqu'un.

Pourquoi n'avait-il pas embrassé Dani, la veille au soir ? L'occasion s'était pourtant présentée à plusieurs reprises ! En fait, il avait voulu qu'elle se sente en sécurité avec lui, qu'elle comprenne qu'il n'avait rien d'un Gregg.

« Ridicule, mon vieux ! Un gentleman a lui aussi le droit d'embrasser une dame pour lui souhaiter bonne nuit. »

Il ouvrit la fenêtre de sa chambre, qui donnait sur un ravissant jardin, et son regard fut attiré par un papillon aux couleurs chatoyantes. Il voletait de fleur en fleur, gracieux, insaisissable. Comme Dani ?

Non !

Après s'être préparé du café, il s'installa devant son ordinateur portable.

De Bigbrother à Californienne :

J'ai passé une excellente soirée. Seriez-vous libre par hasard aujourd'hui pour déjeuner ?

De Californienne à Bigbrother :

Seulement pour un déjeuner tardif. Je travaille.

De Bigbrother à Californienne :

Je crains que ce ne soit pas possible : j'ai des obligations familiales. Mais je dois demain aller à Danville, voir de près un cheval que ma sœur envisage d'acheter. Ça vous tenterait de m'y accompagner ?

De Californienne à Bigbrother :

J'adore les chevaux ! Je dois terminer un projet, mais je pense en avoir fini aux alentours de 13 heures.

De Bigbrother à Californienne :

Parfait. Où dois-je passer vous chercher ?

De Californienne à Bigbrother :

A l'angle de Howard et de Beale. Si vous avez du retard, appelez-moi au 555-2328. A demain !

Merveilleux ! Il avait rendez-vous avec elle, et se trouvait en possession d'un numéro de téléphone où la joindre.

Il relut les quelques phrases qu'elle venait de lui envoyer. La dernière s'accompagnait d'un smiley tout souriant. Il sourit à son tour. Certaines femmes aimaient les fleurs, d'autres les chocolats, d'autres enfin, les bijoux.

Qui aurait pu deviner que, pour gagner le cœur de Dani, il faudrait… un cheval ?

— Alors ?

— Il est extraordinaire ! Puissant, intelligent,

obéissant… et comme si ça ne suffisait pas, magnifique aussi !

Pour donner plus de poids à ces mots, Dani s'inclina et flatta l'encolure du beau cheval à la robe grise.

Bryce lui avait proposé de tester l'animal parce qu'elle avait la même taille que sa sœur. Peu lui importait le motif, seul comptait le plaisir que lui avait procuré cette promenade. Elle se félicitait d'avoir pensé ce matin-là à emporter ses bottes cavalières, au cas où elle en aurait besoin.

— Je vous ai observée, vous avez un réel talent.

— Merci. J'adore les chevaux.

Elle hésita et, après une dernière caresse à l'animal, mit pied à terre à regret.

Tenant les rênes d'une main, elle enleva de l'autre la bombe empruntée à l'écurie.

— J'avais presque oublié à quel point j'aime monter, dit-elle avec un grand sourire.

— C'est ce qu'a dit aussi Caitlin.

Il lui prit la bombe de la main et lui emboîta le pas en direction des box.

— Mark, son fiancé, a remarqué à quelques réflexions que la pratique de l'équitation lui manquait, et lui a suggéré d'acheter un cheval. Comme elle a participé autrefois à de nombreuses compétitions, il l'encourage à se remettre dans le circuit. Le vétérinaire a examiné cet animal, vous l'avez essayé, tout pousse à croire qu'il s'agit d'un cheval gagnant. Je vais donc dire à Caitlin qu'elle peut l'acheter.

Dani, qui avait marqué une pause, se tourna vers lui.

— Est-ce vraiment votre rôle ? Pourquoi ne pas laisser votre sœur prendre seule cette décision ?

Après l'avoir dévisagée, Bryce secoua la tête en riant doucement.

— Voilà bien l'un des traits de caractère que j'admire en vous, Dani ! Vous n'hésitez pas à exprimer le fond de votre pensée.

— Si je ne le faisais pas, vous ne sauriez pas ce que je pense !

— Ce raisonnement fonctionne dans les deux sens. Sachez donc que je ne cherche pas à influencer ma sœur ; c'est elle qui m'a demandé de venir et de lui donner mon avis. De plus… il y a quelque chose que vous ignorez au sujet de Caitlin, et qu'il serait peut-être bon que vous sachiez.

— Ah ?

Bryce prit une profonde inspiration avant de poursuivre.

— Ma sœur est tombée amoureuse d'un homme qui s'est fait passer pour ce qu'il n'était pas. Un homme qui lui a volé de l'argent et lui a brisé le cœur. Je ne tiens pas à ce qu'elle souffre de nouveau, ce qui explique que je tienne à la protéger. Et ce dans tous les domaines : aussi bien en amour qu'en équitation !

— Je comprends mieux, maintenant… Et je vous admire, aussi. Mais ce rôle ne serait-il pas plutôt celui de votre père ?

— Mon père vit dans son monde. Il ne s'est jamais beaucoup occupé de nous quand il était encore marié à ma mère et, bien entendu, la situation n'a fait qu'empirer au fil des ans. Il passe le plus clair de son temps à chercher de jeunes épouses.

— Qu'entendez-vous au juste par « jeunes », Bryce ?

— La dernière en date a l'âge de Caitlin ! On peut donc difficilement le considérer comme un père modèle…

Il s'était exprimé avec nonchalance, mais elle perçut une pointe d'amertume dans sa voix.

Le cheval se tourna vers Dani et hennit doucement, comme s'il voulait attirer son attention. Elle le caressa d'un geste distrait, avant de chercher le regard de Bryce.

— Votre père n'était peut-être pas un modèle, pour reprendre votre expression, mais il a quand même fait partie de votre vie. Il aurait pu…

Elle repartit vers les box, suivie de Bryce qui insista :

— Oui ?

— Il aurait pu disparaître, comme le mien. J'avais alors six ans. Ma plus jeune sœur, deux mois à peine. Il nous a dit en partant qu'il nous aimait et qu'il reviendrait, mais nous n'avons plus jamais eu la moindre nouvelle de lui.

— Oh ! Je suis désolé, Dani.

Il lui avait posé la main sur l'épaule, et elle s'arrêta de nouveau. Il la fixait, le regard empreint de sympathie.

— Il doit vous manquer.

— Pas vraiment, répondit-elle avec un haussement d'épaules. Je ne garde de lui que de très vagues souvenirs. Je porte ses gènes et son nom, voilà tout. Ce qui me manque surtout, c'est l'idée d'avoir un père. Mais nous nous sommes très bien tirées d'affaire, mes sœurs et moi, grâce à notre mère.

— Je me demande comment un homme peut abandonner ainsi sa famille.

Dani se l'était elle aussi souvent demandé — d'autant plus que son père avait déserté le domicile familial sans leur laisser le moindre sou. Il n'était cependant pas question de permettre à ces souvenirs de gâcher une si belle journée.

Les yeux levés sur Bryce, elle lui sourit.

— Tous les hommes ne vous ressemblent pas.

Comme il affichait un air surpris, elle précisa :

— Je suis sûre que vous ferez un bon mari, un bon père. Vu la façon dont vous traitez votre sœur…

— Je ne peux pas m'empêcher de protéger ce qui m'est cher.

Elle cligna des paupières. Lui serait-elle « chère » un jour ?

— C'est très louable de votre part, mais je connais peu de gens qui consacreraient un après-midi de leur week-end à se rendre de l'autre côté de la baie, pour voir de près un cheval qui intéresse leur sœur !

— Un animal qui vaut la bagatelle de vingt-deux mille dollars mérite bien qu'on l'examine avec une certaine attention.

Sur le point de trébucher, Dani s'agrippa aux rênes.

— Vingt-deux…

Le prix lui paraissait si élevé qu'elle avait du mal à le répéter.

— Oui, Dani, vous avez bien entendu : vingt-deux mille dollars. C'est cher, j'en conviens, mais ce sont les tarifs en vigueur pour un animal de qualité.

Vingt-deux mille dollars… Sa mère gagnait bien moins en un an !

Un adolescent vêtu d'un jean, d'un T-shirt à manches longues et de bottes cavalières avança alors vers eux.

— Je peux m'occuper du cheval, proposa-t-il avec un sourire.

Dani lui rendit son sourire. A cet âge-là, elle était elle aussi palefrenier à ses heures. Pour gagner un peu d'argent de poche, mais aussi et surtout pour être auprès de ces animaux qu'elle avait toujours tant aimés.

Elle remarqua les bottes du garçon, un modèle bas de gamme, presque identique au sien. Les siennes étaient très usées, mais comme elle n'avait jamais eu les moyens de les remplacer, à l'époque, elle avait pris l'habitude de bien les entretenir.

Celles de Bryce étaient presque neuves, manifestement coûteuses. Elle se sentit soudain mal à l'aise.

Ils appartenaient à des univers différents, elle ne l'ignorait pas ; cette visite n'avait fait que mettre l'accent sur cette différence.

— Merci de m'avoir apporté votre aide, dit-il alors.

— Je vous en prie.

Malgré cette prise de conscience plus aiguë, Dani ne regrettait pas de l'avoir accompagné. Elle n'avait d'ailleurs aucune envie que la journée finisse, et aucune envie non plus que leurs différences s'érigent entre eux. Elle désirait se concentrer sur leur entente, sur leur plaisir à se retrouver.

Pour la première fois depuis longtemps, elle se sentait prête à croire que les histoires d'amour pouvaient aussi finir bien, qu'il était possible de franchir les obstacles, et qu'aimer n'allait pas forcément de pair avec souffrir.

— J'ai été ravie de vous accompagner, ajouta-t-elle donc, sincère.

Il se rapprocha d'elle.

— Et moi je le suis d'être ici avec vous.

Il avait une façon unique de lui parler, de la regarder. Auprès de lui, elle avait l'impression d'être la plus belle femme du monde, la plus intelligente, la plus douée…

D'instinct, elle entrouvrit les lèvres. Quand il se pencha vers elle pour l'embrasser, elle retint son souffle. Sa bouche était brûlante, à la fois douce et ferme. Un délicieux frisson la parcourut quand il la serra dans ses bras, et elle répondit à son baiser avec une ardeur semblable à celle qu'il lui témoignait.

Elle avait l'étrange sensation d'avoir trouvé sa place après avoir longtemps erré, de se poser enfin pour goûter aux plaisirs de l'existence. Plaisirs sensuels, exquis, que Bryce lui faisait découvrir.

Une petite sonnette d'alarme retentit alors en elle, l'incitant à ne pas perdre la tête, à se ressaisir. Au prix d'un effort, elle parvint à s'écarter de lui.

Encore tout essoufflés, surpris par la passion qui venait de surgir entre eux, ils restèrent quelques secondes à se dévisager en silence.

— C'était… étonnant, dit enfin Bryce d'une voix rauque.

Elle hésita avant de hocher la tête, et s'empressa de détourner le regard. Si elle continuait à fixer sa bouche, elle ne résisterait pas au désir de l'embrasser encore.

— Prête à repartir ? ajouta-t-il enfin.

Non. Elle ne souhaitait pas rebrousser chemin, rompre le charme, retourner vers cette vie où tout les séparait : leur métier, leur famille, leur univers. Elle aurait voulu prolonger encore et encore ces instants magiques, rester dans cette bulle.

— Pas… vraiment, admit-elle d'un ton de regret.

Il lui prit la main et la serra dans la sienne.

— Nous reviendrons, Dani…

Ces mots firent jaillir en elle une bouffée d'espoir.

Elle n'avait pas envie de tourner le dos à Bryce, de lui dire adieu. Ni maintenant ni jamais.

Elle leva de nouveau les yeux vers lui. La tendresse qu'exprimait son regard la remplit de joie.

Cette joie, elle voulait la ressentir encore le lendemain, le surlendemain, et tous les jours à venir.

Or, ce ne serait possible que si… elle disait à Bryce toute la vérité.

7.

Debout sur le seuil de sa cuisine, Dani se tordait les mains.

— Veux-tu boire quelque chose ? Manger, peut-être ?

Le tutoiement leur était venu tout naturellement, lorsqu'ils étaient remontés en voiture.

— Non, merci.

La nervosité évidente de Dani embarrassait Bryce. Surtout après les moments forts qu'ils venaient de partager. Il comprenait toutefois sa réaction. Ils étaient seuls chez elle, après avoir échangé des baisers fougueux. A vrai dire, il était lui-même assez tendu.

— C'est charmant, chez toi, dit-il, résolu à détendre un peu l'atmosphère. A la fois confortable et coquet.

Le studio qu'elle occupait était en effet très bien aménagé.

— Merci, répondit-elle d'une voix mal assurée.

C'est petit mais je n'ai pas besoin de beaucoup d'espace.

Le regard de Bryce fut attiré par une photo de Dani, radieuse sur un beau cheval noir.

— Où a été prise cette photo ? demanda-t-il.

Elle sourit, et l'expression de son visage parut soudain plus sereine.

— Dans une écurie proche de la ferme où je travaillais quand j'étais lycéenne.

Sur le cliché, elle portait les mêmes bottes que celles qu'elle avait mises ce jour-là : fonctionnelles et usées. Il lui en fallait des neuves.

— Il faudrait que tu viennes à notre écurie, que tu essaies nos chevaux.

Il vit son regard se troubler.

— Tu as une écurie ?

Bon sang ! Il avait cherché à lui faire plaisir, pas à la perturber plus encore !

— Pas moi, ma famille, précisa-t-il.

Elle hocha la tête, puis fit quelques pas dans la pièce principale avant de retourner vers la cuisine. Bryce l'observait, un peu étonné par son attitude. Elle ressemblait à un chat qui hésitait à chasser une souris ; or, jusque-là, Dani ne lui était pas apparue comme un être indécis.

Peut-être craignait-elle, après ce qui s'était passé entre eux, qu'il veuille aller plus loin ? Ce n'était pas l'envie qui lui en manquait, mais pas au prix d'un comportement aussi bizarre… Il en arrivait presque à regretter qu'ils se soient embrassés. Les relations homme femme étaient décidément toujours très complexes.

Relation ? Il n'avait avec Dani aucune relation particulière.

Hormis le fait qu'elle l'obnubilait !

Il traversa la pièce pour la rejoindre et prit ses mains dans les siennes.

— J'ai passé un merveilleux après-midi en ta compagnie, mais je te trouve assez tendue depuis notre retour. Tu n'as aucune crainte à avoir, Dani. Je n'envisage pas de te harceler, si c'est là ce que tu redoutes. Tout ce que je souhaite, c'est te voir sourire.

— Je voudrais bien sourire, mais…

Elle se tut. Son air affligé incita Bryce à la prendre par le bras pour la conduire vers le canapé, où ils s'assirent côte à côte.

— Explique-moi ce qui te chagrine à ce point.

Dani se mordit la lèvre et inspira profondément.

— Je t'ai déjà parlé des conditions dans lesquelles j'ai grandi, commença-t-elle.

— Oui. Des conditions pas toujours faciles.

— Nous sommes très différents l'un de l'autre.

Elle avait déjà abordé ce sujet. Peut-être pourrait-il lui démontrer qu'il n'y avait pas lieu de s'en inquiéter autant ?

— Oui, d'une certaine façon. Mais quel que soit le milieu duquel chacun de nous est issu, je pense qu'il nous appartient de tracer notre propre voie dans la vie. C'est ce que j'ai fait. Ce que tu as fait aussi, Dani. Bien entendu, je regrette que le sort ne t'ait pas gâtée davantage. J'admire d'autant plus tout le chemin que tu as parcouru, ce que tu es devenue aujourd'hui. Rien d'autre ne compte.

Immobile, elle fixait obstinément les motifs du tapis.

— Eh bien… il s'avère que, justement, je ne suis pas très satisfaite de ce que je suis devenue. De ma situation professionnelle, j'entends.

Bryce fronça les sourcils. Il s'était donc mépris sur l'origine de ce malaise évident.

— Quand j'ai eu mon MBA, j'ai cru être à tout jamais tirée d'affaire. J'étais persuadée de laisser mon passé derrière moi.

Elle redressa la tête avec lenteur, et posa sur la fenêtre un regard lointain.

— J'avais tout ce qu'il me fallait : un emploi de rêve, un petit appartement bien placé, une nouvelle voiture. Et, en prime, un salaire qui me permettait de vivre très convenablement, de rembourser mon prêt étudiant, et même de payer les études de ma jeune sœur ainsi que la mutuelle santé de ma mère. Et puis…

Elle s'interrompit un instant. Quand elle reprit la parole, sa voix n'était plus qu'un mince filet.

— J'ai été licenciée en début d'année du poste à responsabilité que j'occupais au service marketing, chez Clicknos.

— Conséquence d'un rachat, je suppose ?

— Oui. Qui plus est, je venais d'obtenir une augmentation substantielle. Je suppose que les signes avant-coureurs de la transaction étaient perceptibles, mais nous travaillions tous trop dur pour y prêter attention. Du jour au lendemain, une poignée d'employés s'est retrouvée à la rue, avec les remerciements de la nouvelle équipe dirigeante et une somme ridicule en guise d'indemnités de licenciement.

— J'imagine sans peine ta réaction face à ce coup dur…

Le ton chaleureux sur lequel il s'était exprimé donnait plus de poids encore à ses propos.

— J'avais quelques économies, qui ont vite fondu. J'ai dû réduire mes dépenses, déménager pour un endroit plus petit, vendre ma voiture. Toutes mes recherches d'emploi s'avéraient infructueuses. Ce n'était pourtant pas faute d'envoyer CV et lettres de motivation à tour de bras.

Elle marqua une nouvelle pause avant de poursuivre, plus bas :

— Je me trouvais dans une situation difficile, et j'ai donc accepté un emploi auquel, en temps normal, je n'aurais pas prêté la moindre attention. Pour ne pas dire… qu'il m'aurait même fait fuir !

Dani le dévisageait à présent, les traits crispés, attendant sa réaction. Bryce se sentit soulagé d'apprendre que ce n'était pas le cap que prenait leur relation qui la rendait si nerveuse. Voilà donc pourquoi elle ne lui avait jamais posé de questions sur son activité ! Elle préférait éviter le sujet.

Il se rappela alors les renseignements notés sur son profil.

— Tu travailles dans la vente, me semble-t-il ?

— Plus ou moins… mais pas vraiment. C'est compliqué, ajouta-t-elle avec un soupir.

— La vie en soi est compliquée. Mais on arrive souvent à vaincre les difficultés, il suffit d'y croire.

Quelques secondes s'écoulèrent dans un silence absolu.

— Disons que… je ne suis pas très fière de l'activité que j'exerce.

— Il n'y a aucune honte à travailler dans un fast-food, Dani, déclara-t-il d'un ton convaincu.

— Aucune, en effet, si ce n'est qu'on y est en général mal payé.

— Mmm… Quelle est donc l'activité en question ?

Elle baissa la tête, rentrant le menton dans sa poitrine, et il écarquilla les yeux. Chercherait-elle, par ce geste, à lui signifier qu'elle dansait en tenue légère dans des établissements fréquentés par une clientèle masculine ? Certes, le salaire devait y être nettement plus élevé que dans un fast-food…

Le premier moment de surprise passé, Bryce sourit. Il n'aurait certes pas imaginé que cette jeune femme qui lui plaisait tant puisse se livrer à ce genre de pratique, mais il ne la jugerait pas pour autant avec sévérité. Bien au contraire, même. Les circonstances ne lui avaient guère laissé le choix.

— Ecoute, Dani, tu as pris l'emploi qui se présentait à ce moment-là, et je ne peux que saluer ton courage. J'admire ta force de caractère, ta ténacité. Je t'admire tout court !

Il lui souleva le menton et l'embrassa au coin des lèvres.

A cet instant précis, Dani eut l'impression qu'on la soulageait d'un poids immense. Tous les muscles de son corps se dénouèrent, et elle lui sourit.

— Si tu savais combien je me sens soulagée de t'entendre réagir de cette façon…

— Mettons fin maintenant à ce suspense insoutenable ! Explique-moi ce que tu fais de tes journées.

Elle se redressa et exhala un long soupir avant de lâcher :

— Je suis directrice marketing chez You&Me.com.

Bryce sursauta. Il lâcha la main de Dani aussi vivement que s'il s'était agi d'une grenade prête à exploser. Surprise par cette réaction, elle fronça les sourcils.

— Bryce…

Il tourna la tête, cherchant à assimiler ce qu'il venait d'entendre.

Je suis une espionne.

« You&Me.com. »

Tout se mettait en place, désormais.

— Je n'y crois pas…, marmonna-t-il.

— Mais… ne viens-tu pas de me dire que tu te moquais bien de la profession que j'exerçais en ce moment ?

— Quand je pensais que tu étais strip-teaseuse !

— *Strip-teaseuse* ? répéta-t-elle, stupéfaite.

— Ou quelque chose dans le genre.

— Tes propos sont injurieux ! s'exclama-t-elle. Moi qui te croyais différent de la plupart des hommes que j'ai connus jusqu'ici… Tu ne vaux guère mieux qu'eux, en fait ! Vous pensez tous que je ne peux gagner ma vie qu'avec mon corps, pas avec mon cerveau !

— Tu imagines peut-être que James Richardson n'a remarqué en toi que tes facultés intellectuelles ?

— Depuis mon arrivée chez You&Me, le nombre d'utilisateurs a considérablement augmenté ! rétorqua-t-elle, glaciale.

— Grâce aux idées glanées çà et là sur mon site ?

— *Ton* site ?

Bryce ignora délibérément l'affolement que trahissait son regard, le tremblement de ses lèvres. Au lieu de cela, il songea à tous les problèmes informatiques qui avaient surgi dans le système ces derniers temps. Problèmes sur lesquels il aurait dû se concentrer, au lieu de perdre son temps avec elle !

— J'ai travaillé un moment avec ce type. Il

mène une sorte de vendetta contre moi, depuis que je l'ai quitté.

Dani se mordit la lèvre.

— Tu as travaillé avec James ? Tu serais donc…

— Bryce Delaney.

Elle pâlit.

— Le fondateur et P.-D.G. de Blinddates.com.

Il acquiesça d'un signe de tête et la vit se laisser lourdement aller contre le dossier du canapé. Elle avait un air choqué qui ne pouvait tromper : elle ne lui avait pas menti — sur ce point-là du moins ! De toute évidence, une minute plus tôt, elle ignorait tout de son statut. Ce qui signifiait qu'elle n'avait pas cherché à l'utiliser pour obtenir des informations. Piètre consolation…

— Pendant tout ce temps, tu étais au courant de mes activités ? lança-t-elle alors, à la fois stupéfaite et furieuse.

— Je ne savais pas pour quel motif tu t'étais inscrite sur le site, mais un filtre de sécurité a détecté et signalé une phrase où tu affirmais être *une espionne.*

Il parlait d'une voix calme.

— Depuis, nous avons essayé de savoir ce que tu entendais au juste par là.

— *Nous* ?

— Mes employés chargés de la sécurité du site et moi-même.

Les narines pincées, elle le toisa.

— En tout premier lieu, tu t'es donc intéressé à moi pour…

Elle se tut.

— Pour mener mon enquête, finit-il à sa place.

Sans cesser de l'observer, elle croisa les bras. Ils étaient assis à quelques centimètres l'un de l'autre, mais la distance paraissait immense. Dani lui plaisait, ou du moins lui avait plu. A présent, il ne savait plus trop où il en était.

— Autrement dit… *tu m'espionnais* !

— S'il te plaît, n'inversons pas les rôles. Nous qui nous étonnions de voir grimper la popularité de You&Me… Pourquoi ne pas m'expliquer à quelles manœuvres tu t'es livrée pour répondre à la demande de ton cher patron ?

— Je n'ai jamais dérobé de données essentielles, si c'est ce que tu veux savoir. Je n'ai pas non plus essayé d'avoir accès au fichier clients. J'ai pris des photos de votre écran d'accueil et de différentes rubriques. Ces clichés, je les ai montrés à James pour que nous puissions nous inspirer de certaines formes de présentation, et rendre You&Me plus attrayant.

— Rien de plus ? Et il faudrait que je te croie ? s'exclama-t-il, narquois.

— Oui ! Je me suis inscrite à Blinddates pour y naviguer et m'inspirer de certaines idées, voilà tout. Pour le reste, j'ai respecté à la lettre le règlement. J'ai répondu poliment aux membres qui souhaitaient se mettre en relation avec moi, pour décliner leurs invitations.

Bryce se leva et se mit à faire les cent pas dans la petite pièce.

— Une vraie sainte ! lâcha-t-il, incapable de contenir plus longtemps sa colère. Il ne te manque plus que l'auréole.

— Parce que tu es irréprochable, toi, peut-être ? Comment sais-tu que le trafic sur You&Me a augmenté ces derniers mois ? Toutes les entreprises suivent de près l'activité de leurs concurrents les plus proches. Ne pas le faire relèverait de l'irresponsabilité.

Les mâchoires serrées, Bryce continuait de déambuler dans la pièce. Il s'en voulait terriblement d'avoir agi avec autant de légèreté. Séduit par Dani, il avait manqué à tous ses devoirs, n'avait pas tenu ses engagements. Ce site de rencontres, il l'avait créé afin d'offrir un maximum de sécurité à ses adhérents. Or, après avoir vu cette ravissante blonde, il avait oublié tous les drapeaux rouges. Il s'était comporté comme un idiot !

La curiosité l'emporta soudain sur les reproches.

— Pourquoi as-tu accepté mon rendez-vous, au juste ?

— Ordre de James. Il voulait que je rencontre des membres de Blinddates, pour savoir ce qu'ils pensaient du site. Je n'ai en fait rencontré que Gymguy et toi. Plus personne n'a cherché à me joindre, depuis.

— Normal, j'ai supprimé ton profil du programme de compatibilité.

— Pourquoi ?

— Je te rappelle que je menais ma petite enquête. J'ai coupé l'accès à ton profil pour m'assurer que tu ne chercherais pas à semer la panique sur le site.

Elle le fixa, les yeux mi-clos.

— Et peut-être aussi parce que tu ne tenais pas trop à ce que je rencontre d'autres utilisateurs !

Il ne lui répondit qu'au bout de quelques secondes.

— Peut-être, en effet…

Mais bien sûr ! Quelques événements prenaient à présent un autre éclairage.

— Le soir où j'avais rendez-vous avec Gymguy… tu n'es pas arrivé par hasard dans ce restaurant, n'est-ce pas ?

Bryce lui répondit pas un bref hochement de tête.

— Comment t'y es-tu pris ?

— Il m'a suffi de lire ton mail.

Se levant d'un bond, Dani vint se placer en face de lui, l'œil luisant de rage.

— Tu me reproches mes activités alors que tu ne te gênes pas, *toi*, pour consulter le courrier des utilisateurs ? Bel exemple de probité !

— Cela fait pourtant partie des clauses du règlement, que tu as acceptées en devenant membre du site. Pour y maintenir la sécurité, j'ai le droit d'accéder aux fichiers.

— Et c'est *mon droit* de ne pas apprécier ! Je t'ai menti au sujet de mon emploi et des motifs qui m'ont incitée à devenir membre de Blinddates mais j'ai toujours été honnête envers toi. Jamais je ne me serais permis de porter atteinte à ta vie privée !

— Je me suis borné à faire mon travail.

— Et moi le mien ! riposta-t-elle. Pas toujours de gaieté de cœur, mais je m'y suis engagée en entrant chez You&Me. Qui plus est, ne nous voilons pas la face, ces pratiques-là sont assez courantes sur internet — comme me l'a d'ailleurs maintes fois répété James. Je suis prête à parier que d'autres employés de sites concurrents se sont infiltrés chez Blinddates.

Sans doute, admit Bryce en son for intérieur. Mais il ne les avait pas embrassés passionnément, et ne rêvait pas de recommencer !

— Si j'arrive à les prendre, ils seront éjectés sur-le-champ. Dès le départ, j'ai tout mis en œuvre pour que Blinddates soit un site parfaitement sécurisé.

— Le risque zéro n'existe pas, Bryce. J'admets ne pas avoir joué franc jeu, mais il se trouve que toi non plus. Et pour que les choses soient bien claires : je ne voulais pas m'inscrire à Blinddates. James m'a menacée de me licencier si je ne le faisais pas. Or, je ne pouvais pas m'offrir le luxe de démissionner.

— T'est-il arrivé d'y songer ?

— Plusieurs fois par jour depuis six mois, époque à laquelle remonte mon inscription à Blinddates.

Tout dans son attitude reflétait la sincérité. Aussi bien sa voix que son regard, l'expression de son visage, ou encore son port de tête, songea Bryce.

Elle l'avait trompé, mais lui aussi l'avait

trompée. La situation était complexe. Que dire ? Que faire ?

Ce qu'ils avaient vécu ensemble, ce qu'ils auraient pu vivre, était en train de leur échapper. Cette dispute lui rappelait celles, si nombreuses, de ses parents. Une partie de lui avait envie de partir sans un regard en arrière. L'autre imaginait mal ne plus jamais la revoir. Ne plus jamais l'embrasser.

Reconnaissant les signes précurseurs d'une violente migraine, il ferma les yeux. Lorsqu'il les rouvrit, Dani se tenait tout près de lui et le fixait.

— Je ne voulais faire de mal à personne, Bryce. Voilà pourquoi j'ai dressé de moi un profil aussi peu attirant : je pensais qu'il n'intéresserait personne. Si je t'ai blessé, sache que j'en suis désolée. Ce n'était pas mon intention.

Elle avait à présent les yeux luisants de larmes.

— Je vais dès ce soir résilier mon adhésion à Blinddates.

Si Bryce ne supportait pas l'idée d'avoir été berné, il n'aimait pas non plus voir Dani aussi contrariée.

— Et tes deux amies ?

— Nous avons échangé nos adresses mail personnelles.

— Et ton poste de directrice de marketing ?

Dani soupira : elle ne tarderait pas à en être congédiée, puisqu'elle ne serait plus en mesure d'espionner le site rival.

— Pourquoi cela t'intéresserait-il ?

— Parce que je sais pourquoi tu as accepté ce poste, Dani. Je ne suis quand même pas un monstre !

— Non. Juste un hypocrite ! Tu m'as mise assez en confiance pour que je te révèle la vérité, et tu as profité de la situation pour me prendre au piège. Je me demande comment tu aurais réagi si je t'avais dit que j'étais effeuilleuse…

Il comprenait sa réaction, mais la trouvait néanmoins très dure envers lui.

— Je suggère que tu ne résilies pas ton compte avant d'avoir trouvé un autre emploi.

Dani sentit ses épaules s'affaisser. Il lui fallut quelques secondes avant de trouver la force de les redresser.

— Ça risque de durer un certain temps… Il y a des mois que je cherche un emploi, sans aucun succès.

— Tant que tu travailleras pour James, tu pourras continuer à passer par Blinddates pour communiquer avec tes amies. Rien de plus.

— Continueras-tu à me surveiller ?

— A ton avis ?

*
* *

De Californienne :

Je me sens si mal…

De Scones&Muffins :

Ne te fais pas de souci, Dani. Quoi qu'il arrive, nous trouverons toujours un endroit pour chatter.

De Californienne :

Il a au moins eu la délicatesse de ne pas exiger que je quitte Blinddates tout de suite ! Mais ça ne devrait pas tarder…

De KangourouGirl :

As-tu eu de ses nouvelles ?

Une bouffée de colère assaillit Dani. Elle reconnaissait sa faute, mais Bryce non plus n'était pas irréprochable ! Elle au moins avait eu la délicatesse de lui présenter des excuses. Lui s'était borné à ne pas l'exclure du site.

Californienne :

Aucune, depuis une semaine.

Scones&Muffins :

Où en es-tu dans tes recherches d'emploi ?

Californienne :

Nulle part. A croire que tous les CV et lettres de motivation que j'envoie s'évaporent ! C'est désespérant, à la longue. Et James qui continue à me harceler de questions sur mes « conquêtes »... J'ai réussi jusqu'ici à louvoyer, mais je doute qu'il se contente encore longtemps de réponses évasives...

Scones&Muffins :

Tu vas bien finir par trouver un job...

KangourouGirl :

Envisages-tu d'appeler Bryce, ou de lui envoyer un mail ?

Californienne :

A quoi bon ? Tout est fini entre nous.

Scones&Muffins :

Oh ! Je suis désolée.

KangourouGirl :

Moi aussi. Je sais qu'il te plaisait.

Californienne :

C'est gentil, les filles, mais je suis en

fait plus en colère que triste. Je devrais survivre !

Oui, elle survivrait.

Elle avait seulement voulu imaginer qu'il existait sur terre un homme en qui elle pouvait croire, qu'elle pouvait aimer.

Entouré de Joëlle, Christopher et Grant, Bryce appuya sur quelques touches du clavier afin de leur montrer le système ultrasophistiqué destiné à piéger les pirates qu'il venait de mettre au point. Il y avait passé la semaine entière, travaillant jusque tard dans la nuit. Une façon comme une autre de concentrer son attention sur un sujet autre que… Dani.

— Joli pot de miel, chef ! s'exclama Grant avec un petit sifflement admiratif. Ça va attirer plus d'une mouche…

Si Joëlle dut se faire expliquer quelques détails techniques, elle fut elle aussi admirative.

— Tu n'as pas ton pareil pour tendre des pièges, Bryce !

Les propos de Dani lui revinrent soudain à la mémoire. « Tu m'as mise assez en confiance pour que je te révèle la vérité, et tu as profité de la situation pour me prendre au piège. »

L'analyse n'était pas fausse. Il lui devait des excuses.

Mais après leur dispute, accepterait-elle seulement de l'écouter ?

Bigbrother à Californienne :

Je ne suis peut-être pas le colonel Brandon, mais je ne suis pas non plus l'horrible Willoughby. Je te dois des excuses. Si nous nous retrouvions demain pour un petit déjeuner, à l'endroit où nous nous sommes rencontrés pour la première fois ?

Californienne à Bigbrother :

Et je ne suis pas, moi, Marianne Dashwood ! D'accord pour demain, mais je ne pourrai me libérer qu'entre 11 h 30 et 13 h 30.

Bigbrother à Californienne :

A demain midi !

Assise à son poste de travail, Dani relut les mails que venait de lui envoyer Bryce. Il souhaitait lui présenter des excuses ? C'était plutôt bon signe…

Elle se prit à espérer. Espérer qu'il lui pardonne d'avoir joué ce rôle peu glorieux. Qu'il ne soit pas comme d'autres hommes, et que leur histoire ne soit pas vouée à l'échec.

Il était midi lorsque Dani poussa la porte du café, bondé à cette heure de la journée. Presque au premier coup d'œil, elle repéra Bryce installé tout près de la table qu'ils occupaient la première fois. Il portait un costume gris et une cravate jaune pâle.

Elle lui en voulait toujours de la façon dont il s'était comporté quelques jours plus tôt, mais le pincement qu'elle ressentit au creux de l'estomac en le voyant n'était nullement lié à la colère.

Il était plus séduisant encore que dans son souvenir.

Au même instant, quelqu'un fit tomber un verre tout près d'elle. Serait-ce un signe du destin ? Pétrifiée, elle se demandait si elle ne ferait pas mieux de repartir sur-le-champ, quand Bryce, alerté par le bruit de verre brisé, se tourna dans sa direction. Dès qu'il la vit, ses lèvres s'étirèrent en un grand sourire.

Le cœur de Dani se mit à battre plus fort et elle se décida à le rejoindre. Elle allait déjeuner avec lui et écouter ce qu'il avait à lui dire. Après tout, elle n'attendait de lui que des excuses, rien de plus.

Il se leva pour l'accueillir, et comme il faisait un pas dans sa direction, Dani regretta d'être venue. Finalement, elle n'aurait pas dû accepter ce rendez-vous.

— Bonjour, Dani.

Elle le salua à son tour, bien plus sensible à son charme qu'elle ne l'aurait voulu. Quelques secondes de silence suivirent, auxquelles Bryce mit un terme en proposant qu'ils aillent passer commande au bar. Lorsqu'ils furent de retour à leur table, Dani pressa une rondelle de citron dans son thé glacé et attendit. Quand elle hasarda un regard vers Bryce, elle s'aperçut qu'il l'observait.

Au moment où il prit la parole, elle eut l'impression que le brouhaha s'estompait autour d'eux.

— Je suis désolé, dit-il enfin. Tu as assumé la responsabilité de tes actes, moi pas. Or, je n'ai pas non plus été très clair dans cette affaire… Je te présente donc mes excuses.

Ces mots étaient ceux que Dani attendait.

— Merci. Je sais ce que représente Blinddates pour toi, tout ce que tu y as investi, et j'imagine ce que tu as dû ressentir quand je t'ai avoué le rôle que j'y jouais. J'apprécie tes excuses à leur juste valeur.

— Tant mieux, parce que je n'aime pas du tout ce qu'il y a entre nous en ce moment.

— Il n'y a *rien* entre nous, Bryce, répondit-elle en remuant machinalement son thé glacé à l'aide d'une cuiller.

Il darda sur elle un regard qui ne reflétait que franchise.

— J'aimerais retrouver ce qu'il y a eu… Les moments que nous avons passés ensemble me manquent. *Tu* me manques, Dani. J'admets t'avoir donné rendez-vous sous un faux prétexte, au tout début, mais le plaisir que j'ai pris à être en ta compagnie n'a jamais été faux, lui. Tout ce que je t'ai dit n'était que la stricte vérité. Et ce n'est certainement pas pour mener à bien mon enquête que je t'ai embrassée !

C'était elle qui le fixait à présent, plus touchée qu'elle ne l'aurait voulu par ce revirement de situation.

— Je sais que tu ne cherches pas à t'investir dans une relation. Mais si tu le veux bien, nous pourrions repartir de zéro.

— Repartir de zéro…, répéta-t-elle, le regard vague.

Cette proposition la troublait. Le ton sincère sur lequel elle lui avait été faite, plus encore.

— Oui. Sachant ce que nous savons l'un de

l'autre à présent, je suggère que nous laissions tout cela derrière nous et que nous commencions à écrire une page toute blanche. Ce rendez-vous pourrait être le premier…

Cette suggestion, à laquelle elle ne s'attendait pas, la prit de court. Aussi tentante fût-elle, le doute persistait.

— J'occupe toujours le même poste, Bryce, allégua-t-elle. Mes recherches d'emploi n'ont toujours pas porté leurs fruits.

Après l'avoir interrogée sur les clauses spécifiques de son contrat, il secoua la tête.

— Dans ces conditions, il m'est impossible de te proposer un job à Blinddates.

— Quand bien même, je n'aurais pas accepté. J'ai appris par ma mère qu'il est préférable de ne compter que sur soi-même, dans la vie.

Sa mère avait oublié cette règle quand elle s'était mariée, pour le regretter amèrement lorsque l'homme qu'elle avait épousé avait disparu.

Une jeune serveuse aux cheveux rouges et à la coupe asymétrique posa devant eux un plateau avec les sandwichs qu'ils avaient commandés.

— Je comprends bien ta position, mais la situation serait différente si j'envoyais tes CV à des gens que je connais. J'ai pas mal de relations qui pourraient t'être utiles.

— Je…

Il s’agissait là d’une pratique assez courante, elle le savait. Et comme ses recherches personnelles n’avaient jusque-là abouti à rien…

— D’accord, si tu me promets de te borner à transmettre mes CV et rien de plus. Je ne voudrais pas qu’on me propose un poste uniquement parce que je te connais.

— Promis. Ce sera ensuite à toi de défendre tes compétences.

— Parfait. Merci beaucoup.

Il la dévisagea.

— Es-tu toujours aussi attachée à ton indépendance ?

— Oui, répondit-elle sans hésiter.

Un petit sourire au coin des lèvres, il hocha la tête avant de reprendre la parole.

— Envoie-moi ton CV par mail, ce soir.

Dani le remercia de nouveau, et ils commencèrent à manger avant qu’elle ne formule la question qui la taraudait.

— Tu… disais tout à l’heure que tu voulais donner un nouveau départ à notre relation. Une fois que j’aurai trouvé un nouvel emploi ?

— Je n’ai pas envie d’attendre, Dani. Je veux te voir aussi souvent que possible.

— Ça me convient, dit-elle en souriant. Mais

dorénavant, plus le moindre mensonge entre nous ! Et dans la mesure où nos emplois du temps sont assez chargés, je propose que nous avancions lentement.

— Ça me convient, répéta-t-il, souriant à son tour.

8.

Pendant les quinze jours qui suivirent, Bryce fut très occupé par ses activités professionnelles, qui englobaient à cette période-là des voyages sur la côte est du pays. Il n'eut que deux fois l'occasion de revoir Dani, mais communiqua souvent avec elle par mail et par téléphone. Quand arriva enfin le vendredi, il avait hâte de la retrouver.

La pluie tombait dru quand il descendit de voiture. Il courut vers le Palais des Beaux Arts, où il aurait dû rejoindre Dani vingt minutes plus tôt. L'orage avait éclaté peu avant, transformant les rues en pente de la ville en véritables torrents.

Il avait choisi son jour, pour arriver en retard ! Et le lieu aussi. Difficile d'imaginer un pique-nique romantique dans le parc par un temps pareil.

Enfermé dans son bureau et absorbé par son travail, il n'avait pas prêté attention aux conditions météorologiques. Lorsqu'il en était sorti, il avait appelé Dani sur son portable mais avait eu affaire à sa messagerie. Il avait cherché à la joindre non pour annuler leur rendez-vous, mais pour en changer le lieu, en espérant qu'elle n'avait pas été prise dans les intempéries.

Quant à annuler, certainement pas ! Il avait bien trop envie de la voir.

Traversant au pas de course les allées du parc, il se dirigea vers la rotonde. Dany serait sans doute là, à l'attendre. Comme la première fois. Pressé de la retrouver, il accéléra encore l'allure. Ses chaussures étaient trempées et son pantalon mouillé lui battait les mollets.

Essoufflé, il arriva enfin à la rotonde éclairée, où il put se mettre à l'abri.

Il la vit aussitôt. Adossée à une colonne, elle ressemblait à une déesse antique, avec son ensemble en coton bleu clair qui lui collait à la peau. Il sentit sa gorge se nouer.

— Je ne suis apparemment pas la seule à avoir oublié mon parapluie ! lança-t-elle, amusée.

— Exact. Mais je ne peux que me réjouir que tu aies oublié le tien…

— Ah ? Et pourquoi ?

— Parce que vous êtes irrésistible dans cette tenue, mademoiselle Bennett.

Elle lui sourit et avança vers lui.

— Vous n'êtes pas trop mal non plus, monsieur Delaney !

Ils se tenaient face à face, au centre du dôme.

— Il y a quelques semaines à peine, nous nous retrouvions ici.

— Même endroit, mais pas tout à fait mêmes conditions météorologiques, ironisa-t-elle.

Il se rapprocha d'elle, assez pour que leurs corps se touchent presque.

— Ni même situation…, murmura-t-il, l'enlaçant à l'instant précis où elle se réfugiait dans ses bras.

Toute l'ardeur qu'ils avaient essayé de contenir depuis le baiser échangé à l'écurie rejaillit soudain, avec une force incroyable. Pareils à deux voyageurs après une traversée du désert, ils étaient avides d'étancher la soif qu'ils avaient l'un de l'autre. Ils s'étreignaient, s'embrassaient passionnément.

Bryce avait l'impression que le crépitement sourd de la pluie, autour d'eux, faisait écho aux battements de son cœur. Il sentait celui de Dani battre, très fort aussi, contre son torse. Sa peau était douce sous ses lèvres quand il baissa la tête pour l'embrasser dans la nuque. Le petit gémissement qu'elle lâcha alors enflamma plus encore ses sens. Comme elle se serrait plus fort contre lui, elle lui griffa le cou.

Mais il s'en moquait. Il se moquait de tout, à vrai dire. De tout excepté de…

Dani !

Cette soudaine prise de conscience le fit presque sursauter, et il s'écarta. Surprise par ce brusque revirement, Dani cligna des yeux. Elle avait les joues en feu, le regard brillant. De toute évidence, elle éprouvait un désir aussi vif que le sien.

— Ne nous étions-nous pas engagés à avancer « lentement » dans cette relation ? railla-t-il d'une voix tendre.

— Je… crois bien.

Elle se passa la langue sur les lèvres, ce que Bryce trouva très sensuel, puis jeta un coup d'œil au panier pique-nique qu'elle avait apporté. Il pleuvait toujours aussi fort.

— Les conditions ne me paraissent pas idéales pour un pique-nique sur l'herbe, observa-t-elle avec une grimace.

— Je propose que nous allions le faire sur le tapis de mon salon. Ce sera moins romantique comme cadre, mais nettement moins humide !

Dani rit et hocha la tête.

— Parfait.

— Dans ce cas, il ne nous reste plus qu'à courir le plus vite possible jusqu'à ma voiture.

*
* *

Lorsque Bryce lui avait dit habiter le quartier de Presidio Heights, Dani avait imaginé un appartement, certainement pas une maison aussi grande et luxueuse.

En entrant dans la cuisine, elle retroussa les manches de la longue chemise en flanelle que lui avait prêtée Bryce. Sitôt arrivés chez lui, ils s'étaient changés et avaient mis leurs vêtements dégoulinants d'eau dans le sèche-linge.

Derrière elle retentit le petit bruit d'une bouteille de vin que l'on débouche. Elle eut du mal à contenir un soupir de bien-être. En dépit du mauvais temps, elle passait une merveilleuse soirée : le lieu était idéal, la compagnie aussi…

Elle décocha un regard en coulisse à Bryce. Vêtu d'un T-shirt noir sur un jean, les cheveux encore humides et en bataille, il était terriblement attirant. Le souvenir de leur étreinte la fit frissonner. Il faudrait qu'elle se tienne à distance pendant la soirée, sans quoi…

— Je vais poser une couverture dans le salon, devant la cheminée où j'ai allumé le feu. Une bonne flambée nous réchauffera.

Dani lui répondit par un sourire mal assuré. Tout compte fait, elle aurait préféré dîner dans la grande cuisine parfaitement aménagée. Cela aurait été plus sage, moins risqué.

Avec un soupir résigné, elle ouvrit le panier qu'elle avait apporté, et disposa dans des assiettes l'assortiment de hors-d'œuvre italiens qu'elle avait préparés.

— C'est vraiment délicieux, Dani, dit Bryce quand ils furent confortablement installés face au feu de cheminée. Tu as dû passer un temps fou à préparer toutes ces spécialités. Où as-tu appris à cuisiner ?

— Ma mère cuisinait à la ferme, et il nous est souvent arrivé de l'aider. Pendant mes études, j'ai aussi travaillé dans un petit café près du campus.

— Y a-t-il quelque chose que tu ne saches pas faire ?

Elle reposa sa fourchette pour boire une gorgée de vin.

— Oui. Trouver un emploi…

— Ne désespère pas. Ce genre de chose ne se fait pas du jour au lendemain. Il faut du temps. Pour tout.

Il avait prononcé ces mots en la regardant droit dans les yeux, et elle se prit en effet à espérer. Espérer que la vie se montre plus clémente envers elle, qu'elle lui apporte un emploi digne de sa formation, et peut-être même… l'amour.

Craignant de trahir sa pensée, elle regarda autour d'elle. Des chandeliers en bronze dispensaient une lumière dorée, qui, ajoutée à celle du feu de cheminée, accentuait le charme de la pièce.

— Tu habites une très belle maison.

— Merci. J'ai réaménagé deux chambres, mais il y aurait encore bien d'autres choses à faire.

— De gros travaux ? s'étonna-t-elle.

— Non, plutôt de la décoration.

— La partie la plus amusante.

— Si tu le dis…

— Oh ! Bryce, c'est merveilleux de décorer sa maison ! s'exclama-t-elle, enthousiaste. J'aimerais tant pouvoir le faire. Je me souviens…

Comme elle s'était interrompue, il la pressa de poursuivre.

— Ce n'est pas très intéressant, marmonna-t-elle.

— Permets-moi d'en juger par moi-même.

— Eh bien… quand j'étais plus jeune, j'adorais dessiner des plans de maisons.

— Tu aurais voulu être architecte ?

Elle se tourna vers la cheminée, et contempla quelques instants en silence le ballet des flammes.

— Non, répondit-elle enfin d'une voix un peu lointaine. J'aurais simplement voulu avoir une maison.

— Si tu as des idées à me donner pour celle-ci, je suis preneur.

Dani embrassa de nouveau la pièce du regard et sourit.

— Pourquoi pas ?

Le repas se termina par un browny onctueux, que Bryce avait acheté dans une pâtisserie célèbre pour cette spécialité.

— Mmm... il est tout bonnement sublime, dit-elle avec une mimique éloquente quand il lui en proposa une deuxième part. Je ne me ferai donc pas prier pour accepter...

Il la resservit avec un grand sourire.

— Je suis content que tu sois ici, Dani.

— Je suis moi aussi contente d'être ici.

Il attendit qu'elle ait fini sa part de gâteau pour se rapprocher d'elle et l'embrasser. Avec tendresse, cette fois. Rien de comparable à leur étreinte fougueuse sous la rotonde. Il ne voulait pas l'effrayer, afin de préserver sa confiance.

— Une fin parfaite pour un dîner parfait, murmura-t-elle, blottie contre lui.

D'un même mouvement, ils regardèrent vers

l'une des fenêtres. Le rideau de pluie était toujours aussi épais.

— Tu peux rester ici en attendant que la situation s'améliore. L'une des pièces que j'ai réaménagées fait en quelque sorte office de salon de repos. J'y ai installé un home cinéma, et il y a aussi des jeux vidéo. Si tu…

Elle ne le laissa pas finir.

— Des jeux vidéo ? répéta-t-elle, l'œil brillant.

9.

D'un geste précis, Dani fit voler en éclats le personnage de Bryce, qui se désagrégea dans une myriade d'éclairs orangés.

— Oh non !

— Oh si ! Me voici officiellement maîtresse des galaxies !

Bryce fit pivoter son siège pour se tourner vers Dani et éclata de rire.

— *Maîtresse des galaxies*… Le titre te va bien, et tu t'es bien battue pour le gagner… Mais n'imagine pas que je vais me prosterner à tes genoux !

— Vraiment ? Je suis très déçue ! s'exclama-t-elle, riant à son tour.

Il lâcha sa console et quitta son siège pour se rapprocher d'elle.

— Je connais d'autres moyens de te manifester mon admiration.

Elle retint un instant son souffle.

— Je ne voudrais pas jouer les trouble-fête,

mais quelle heure est-il ? dit-elle enfin. Assez tard, j'imagine.

Bryce jeta un coup d'œil à sa montre et afficha un air sidéré.

— 1 h 30 ! Je n'ai pas vu passer le temps.

— Moi non plus, observa Dani avec une grimace. Nous voilà maintenant dépendants des jeux vidéo ! Cela dit, nous avons des circonstances atténuantes, vu le choix dont tu disposes.

— Je plaide coupable. J'avoue prendre beaucoup de plaisir à m'installer ici pour me détendre après une journée de dur labeur.

Dani hocha la tête, se leva et se dirigea vers la fenêtre.

— Il pleut encore…

Avant qu'elle ne quitte son siège, Bryce avait remarqué qu'elle avait les yeux cernés.

— Tu as l'air fatiguée. Je vais te raccompagner.

— Non, Bryce. Pas à cette heure et par ce temps. Je vais appeler un taxi.

— Il n'en est pas question. Soit je te raccompagne, soit tu restes dormir ici.

Il la vit se raidir.

— Tu n'es pas obligée de dormir dans ma chambre. A moins que tu le souhaites…

Il ne tenait pas à précipiter le cours des événements, ni à la presser de prendre une décision, quelle qu'elle soit. Ils se connaissaient assez, maintenant, pour qu'elle le sache.

— J'ai une chambre d'amis, poursuivit-il, et je peux te prêter un pyjama. De plus, rien ne t'empêchera de t'enfermer à double tour !

Elle eut un sourire gêné.

— Je n'irai peut-être pas jusque-là ! Bryce, je ne voudrais pas te donner l'impression de…

Il lui posa un doigt sur la bouche pour la faire taire.

— Ne t'inquiète pas, je comprends.

De son propre chef, il aurait certes choisi une autre option, mais il ne tenait surtout pas à brusquer celle qui, en l'espace de quelques semaines, lui était devenue si précieuse.

Le sourire empreint de gratitude qu'elle lui adressa fut pour lui la plus belle des récompenses. Il se sentit même héroïque et accompagna d'un pas léger son invitée à l'étage.

— Voici la chambre d'amis, dit-il en ouvrant la porte sur une pièce décorée dans des tons pastel. Il y a une salle de bains attenante, avec tout ce dont tu pourrais avoir besoin. Je vais te prêter l'un de mes nombreux pyjamas… Ma chère mère s'obstine à m'en offrir tous les ans à Noël, alors qu'elle sait parfaitement que je dors en T-shirt et caleçon !

Dani cligna des yeux. Imaginer Bryce dans une telle tenue était assez déstabilisant, aussi décida-t-elle de mettre fin aussi rapidement que possible à ce tête-à-tête.

— Bonne nuit, Bryce. J'ai passé une très bonne soirée.

Lui aussi avait passé une très bonne soirée, songea Bryce. Elle aurait pu se terminer mieux encore, mais après tout, rien ne pressait.

— Bonne nuit, Dani.

Elle s'approcha de lui et, dressée sur la pointe des pieds, l'embrassa au coin des lèvres. Sa bouche était tiède, sa peau très douce.

Il préféra partir sans tarder, sans quoi il risquait bel et bien de se prosterner devant la maîtresse des galaxies.

Les rayons du soleil qui filtraient à travers les volets réveillèrent Dani. Se sentant parfaitement reposée, elle s'étira en souriant. Elle s'habituerait vite à un matelas si confortable, comparé à son canapé-lit !

Elle s'habituerait vite… à Bryce.

Son sourire s'élargit. Elle lui devait bien un petit

déjeuner, pour le remercier de son hospitalité. Il aurait sans doute préféré un autre arrangement pour la nuit, mais il s'était bien gardé de se montrer insistant, et elle ne l'en appréciait que plus.

Afin de ne pas le réveiller, elle traversa le couloir sur la pointe des pieds, et descendit dans la cuisine.

— Bonjour !

Dani sursauta et se tourna vers la table, à laquelle était assise une très jolie jeune femme. Elle avait les mêmes cheveux bruns que Bryce, les mêmes yeux verts aussi.

— Caitlin ?

— Vous êtes mieux renseignée que moi ! répondit-elle avec un beau sourire. Je ne sais absolument pas qui vous êtes. Mon frère n'a pas son pareil pour garder des secrets.

— Je ne pense pas que ce soit vraiment un secret. Je m'appelle Dani Bennett.

Une femme plus âgée entra alors dans la cuisine, enveloppée d'un nuage de parfum de luxe. Elle avait elle aussi les yeux verts, mais ses cheveux étaient châtain clair.

— Sa voiture est dans le garage, annonça-t-elle. Il a dû oublier que nous avions rendez-vous et…

Son regard s'arrêta au même instant sur Dani, et sa bouche s'arrondit en un « O » de surprise.

— Qui êtes-vous ? s'enquit-elle, incapable de cacher sa curiosité.

— Maman, je te présente Dani Bennett. Dani, voici ma mère, Maeve.

Parfaitement coiffée et maquillée, vêtue d'un tailleur griffé, la mère de Bryce respirait l'élégance, l'aisance. Elle s'était immobilisée et jaugeait du regard la jeune personne qu'elle venait de trouver chez son fils.

La situation était gênante. Intimidante. Presque humiliante. Or, Dani n'était pas disposée à se laisser impressionner — autant pour Bryce que pour elle-même.

— Enchantée, madame Delaney.

— Oh ! je ne porte plus le nom de Delaney depuis des lustres ! Appelez-moi donc Maeve.

Elle accompagna ces propos d'un sourire chaleureux qui décontenança Dani.

— Merci… Maeve. Je suis une amie de Bryce.

L'ex-Mme Delaney haussa un sourcil.

— Un peu plus qu'une amie, je dirais. Sans quoi vous ne porteriez pas le pyjama que je lui ai offert à Noël dernier.

Mal à l'aise, Dani s'éclaircit la voix. Elle imaginait ce que pensait la famille de Bryce de sa présence chez lui, un samedi matin. Qui plus est, dans son pyjama…

— Ce n'est pas ce que vous croyez. Je veux dire… Bryce et moi ne…

Maeve éclata de rire.

— Dans ce cas, mon fils n'est pas aussi intelligent que je l'ai toujours cru, parce que vous êtes vraiment superbe !

Sentant ses joues s'embraser, Dani regretta de ne pouvoir disparaître dans un trou de souris.

— Merci, murmura-t-elle.

— Et modeste aussi, observa Caitlin avant que sa mère ne reprenne la parole.

— Où vous a-t-il donc connue ?

Plus embarrassée que jamais, Dani se balança d'un pied sur l'autre.

— Sur… Blinddates.com.

Caitlin et sa mère échangèrent un sourire qui exprimait une profonde satisfaction.

— Il était temps ! s'exclama Caitlin.

— Je vais appeler Joëlle pour lui annoncer la nouvelle, déclara Maeve.

Face à l'air interloqué de Dani, la mère de Bryce rit doucement.

— Voyez-vous, Dani, nous essayons depuis un certain temps d'inciter Bryce à utiliser son propre site pour rencontrer précisément l'âme sœur. Il prétendait être débordé de travail, manquer de temps.

— Il travaille en effet beaucoup…

— Nous n'en doutons pas, assura Maeve. Mais il faut qu'il prenne le temps de penser aussi à lui. Venez, asseyons-nous pour bavarder un peu.

Dani s'exécuta, atterrée. Où était Bryce ? Qu'attendait-il pour voler à son secours ?

Bryce se réveilla et quitta son lit en toute hâte. Dani se trouvait là, dans la maison, à quelques mètres à peine de lui. Pourquoi rester couché plus longtemps, alors qu'il pouvait aller lui dire bonjour et, qui sait, peut-être même lui dérober un baiser ?

Il sortit dans le couloir. La porte de la chambre d'amis était entrouverte.

— Dani ? dit-il en glissant la tête par l'entrebâillement.

La pièce était vide. Il descendit l'escalier et, arrivé à mi-chemin, entendit un rire féminin. *Des* rires féminins.

Il s'arrêta net. Dieu du ciel ! On était samedi. Il devait prendre un brunch avec Caitlin. Et leur mère !

Il repartit à vive allure en direction de la cuisine.

Pauvre Dani ! Il adorait sa mère, mais était bien placé pour savoir qu'elle manquait parfois de subtilité.

Dès qu'il passa le seuil de la pièce, il les vit toutes trois attablées devant une tasse de café. Elles ne venaient donc pas tout juste de se croiser.

— Madame, mesdemoiselles, bonjour ! lança-t-il avec un entrain forcé.

Son regard se posa aussitôt sur Dani. Elle souriait, mais ses joues étaient plus roses qu'à l'accoutumée.

— As-tu bien dormi ? lui demanda-t-il.

— Très bien, merci. Je suis descendue chercher mes affaires dans le sèche-linge…

— Et elle nous a trouvées ! finit Caitlin.

— Je suis entrée avec ma clé, précisa Maeve. Il me semble bien que tu as oublié que nous avions rendez-vous ce matin pour prendre un brunch ensemble, mon cher fils ?

— Je plaide coupable.

— Mais tu avais une charmante excuse…, poursuivit Maeve en se tournant vers Dani dont les joues virèrent au cramoisi.

— Je constate que vous avez déjà fait connaissance, répondit-il. Dani est mon amie.

— Tu y as fait allusion il n'y a pas très longtemps, dit Caitlin. Au fait, Bryce, lui as-tu parlé de…

— Plus tard, l’interrompit-il.

— Mais…

— Promis.

Caitlin eut un sourire radieux. A la voir, on aurait cru que le mariage devait avoir lieu dans les jours à venir, et non dans neuf mois.

— J’ai une idée ! s’exclama-t-elle. Prenons un brunch tous les quatre, et ensuite nous kidnapperons Dani pour faire du shopping.

— Oh ! parfait, ma chérie ! s’extasia Maeve.

Suite à quoi, elles rivalisèrent de propositions pour le shopping en question. Immobile et muette, Dani les écouta mentionner les boutiques chic et hors de prix, dans lesquelles elle n’avait bien sûr jamais mis les pieds.

— Et nous pourrions finir en beauté par un thé au Garden Court de l’Hôtel Palace ! conclut la future mariée. Il y a en ce moment un excellent pianiste.

— Il y a aussi le Ritz-Carlton, avança Maeve. Qu’en pensez-vous, Dani ?

Bryce, qui s’était rapproché de Dani, lui posa les mains sur les épaules.

— Il y a aussi le Lovejoy’s Tea Room, à Noe Valley, dit-elle avant qu’il ne puisse intervenir. C’est un endroit plus cosy, plus éclectique, qui propose un vaste choix de thés délicieux. Et leurs scones n'ont pas leur pareil.

Bryce ressentit une bouffée de fierté. Dani n'avait nul besoin de son aide !

— Je connais le Lovejoy's, fit Maeve. C'est en effet un endroit très agréable.

— Eh bien, vous irez ensemble une autre fois, déclara Bryce avec un grand sourire. J'ai d'autres projets pour la journée !

Le vent dans les cheveux, Dani s'agrippa à son siège tandis que le cable-car amorçait un virage, et se blottit contre Bryce quand il l'attira vers lui. Non content de l'avoir sauvée des griffes de sa mère et de sa sœur — charmantes, au demeurant — il lui faisait passer une journée merveilleuse dans les hauts lieux de la ville mythique. Depuis le matin, ils s'y promenaient en touristes, émerveillés par les paysages, les monuments, les nombreux spectacles de rue.

A quelques mètres de l'arrêt où ils descendirent, un violoniste interprétait un air de Mozart. Ils l'écoutèrent pendant quelques minutes, au milieu de la petite assistance qui s'était formée. Sa prestation terminée, Bryce déposa un billet dans le chapeau destiné à cet usage et ils reprirent leur promenade, main dans la main.

— J'aurais une question à te poser, Dani.

— Je t'écoute.

— Que penserais-tu d'une soirée avec ma chère famille et quelque deux cents invités, tous intimes de ma mère ?

Elle leva vers lui un regard amusé.

— Est-ce une question piège ?

— Pas du tout. Maeve organise samedi soir une fête pour les fiançailles de Caitlin et Mark. Aimerais-tu y assister ?

Une grande réunion familiale ? L'idée la séduisit sur-le-champ.

— Beaucoup, répondit-elle, sincère. Merci.

— C'est moi qui te remercie. Si tu avais refusé, Caitlin ne me l'aurait jamais pardonné.

Tout naturellement, il se dirigea vers le quartier commerçant de la ville.

— Je vais te fournir quelques informations sur ma famille. En arrivant ici, mes ancêtres ont tout de suite pressenti que San Francisco et ses alentours seraient un jour très prisés. Ils ont donc acheté tout ce qu'il était possible d'acquérir, et conservé précieusement tous ces biens immobiliers. Grâce à leur sens inné des affaires, les membres de ma famille vivent aujourd'hui de la gestion de ces biens.

— Pas toi.

— Je n'ai jamais voulu toucher à ce qui me revenait — exception faite de la maison, cadeau que reçoivent tous les Delaney à la fin de leurs études. Comme toi, j'ai toujours voulu me débrouiller seul. Finalement, nous ne sommes pas si différents l'un de l'autre…

Il ponctua ses propos d'un baiser sur la tempe de Dani et l'entraîna dans une artère qu'elle ne fréquentait que rarement, pour le seul plaisir des yeux. Ce fut donc pour le plaisir des yeux qu'elle s'arrêta devant une vitrine où était exposée une robe à la fois originale et élégante. Une tenue qui serait parfaite pour la soirée organisée par Maeve.

Remarquant son intérêt pour cette robe, Bryce l'incita à entrer dans le magasin l'essayer.

— Je n'ai prévu dans mon budget aucun écart vestimentaire…

— L'essayer ne t'engage à rien.

Pourquoi pas, en effet ?

Elle entra donc dans la luxueuse boutique et, à partir de là, eut l'impression d'être traitée comme une princesse. Sur les conseils de la responsable du magasin ainsi que de Bryce, elle essaya plusieurs robes. La verte, qui avait retenu son attention en vitrine, était très jolie mais lui plaisait moins sur elle. La rouge, proposée par la responsable du magasin, était un peu trop provocante à son goût. La bleue, choisie par Bryce, semblait en revanche avoir été créée pour elle. D'une coupe simple, elle mettait en valeur aussi bien sa taille fine que ses rondeurs toutes féminines.

Le regard dont l'enveloppa Bryce lorsqu'elle sortit de la cabine était éloquent. Si les modèles précédents lui avaient plu, celui-ci l'enchantait manifestement.

— Tu es magnifique ! s'exclama-t-il. Ce bleu est identique à celui de tes yeux, et cette forme fourreau te va à ravir.

Juchée sur les escarpins à talons assortis à la robe que lui avait proposés la vendeuse, elle tourna lentement sur elle-même devant le miroir à trois panneaux. Du bout des doigts, elle caressa l'étoffe soyeuse avec un sourire ravi.

— Eh bien… il ne me reste plus maintenant qu'à me rhabiller en Dani Bennett ! dit-elle après quelques instants.

Lorsqu'elle eut regagné la cabine, l'aimable brune qui s'était occupée d'elle jusque-là vint la trouver.

— Si vous voulez bien me rendre ces modèles, pour que je puisse les remettre en rayon…

— Bien sûr.

Quelques minutes plus tard elle ressortait, vêtue de son T-shirt et son pantalon en toile. Le siège qu'avait occupé Bryce était vide. Elle regarda autour d'elle et le vit sur le seuil. Il tenait un grand sac en papier kraft barré du logo de la boutique.

— Oh non ! lâcha-t-elle, consternée. Ne me dis pas que tu as…

— Cette robe est faite pour toi, et les escarpins vont parfaitement avec.

Dani s'apprêtait à protester quand elle vit des clients se tourner vers eux. Elle préféra sortir du magasin avant de poursuivre.

— Nous faisions du lèche-vitrines, Bryce, pas des achats !

— C'est vrai. Jusqu'à ce que je te voie dans cette tenue.

— J'apprécie ton geste, mais je ne veux pas que tu m'achètes des vêtements. Ça… me met mal à l'aise !

— Il s'agit d'un cadeau. J'imagine que tu as dans ton armoire une tenue adaptée aux fiançailles de Caitlin, mais j'avais envie de te faire plaisir. Vas-tu me le reprocher ?

Il semblait si content qu'elle ne trouva pas le courage de le contrarier.

— Je comprends bien ton intention, Bryce, mais j'aime ne dépendre que de moi-même.

— Te fais-tu des cadeaux ?

— Non.

— Tu n'aimes pas les cadeaux.

Ce n'était pas une question.

— Disons plutôt que je n'y suis pas habituée.

— Eh bien, il est temps que ça change !

Il lui passa le bras autour des épaules et repartit d'un pas léger. Cette fois, Dani ne protesta pas. Serrée contre lui, elle se sentait en sécurité, merveilleusement bien.

Peut-être même trop bien.

10.

De Californienne à Scones&Muffins et KangourouGirl :

J'ai bien reçu vos messages, les filles, mais je ne suis plus trop disponible pour venir papoter avec vous. J'ai revu Bryce, et nous avons passé presque tout notre temps libre ensemble, cette semaine… Je suis même invitée aux fiançailles de sa sœur, ce soir ! Je ne vous cache pas que je suis un peu tendue. J'espère faire bonne impression à sa famille.

Vous me manquez. Je vous embrasse fort toutes les deux.

Dani ne passait décidément pas inaperçue, songea Bryce lorsqu'il put enfin la rejoindre après avoir joué son rôle d'amphitryon. Maeve elle-même n'avait pas été avare de compliments, en la voyant arriver dans cette superbe robe bleue qui attirait les regards. Et pas que les regards, d'ailleurs. Il avait remarqué qu'elle était très entourée, pendant qu'il s'entretenait poliment avec les convives.

— Tout va bien ? lui demanda-t-il en lui passant le bras autour de la taille. Tu as pu échapper aux rapaces ?

— Ne te fais aucun souci, tout se passe à merveille. J'ai l'impression d'être Cendrillon au bal, avec le prince charmant !

— Par chance, l'heure ne devrait avoir aucune incidence sur ta tenue ou ton moyen de transport ! Raconte-moi maintenant ce qui t'est arrivé pendant mon absence. Si, si, j'insiste ! dit-il, comme elle s'apprêtait à protester.

— C'était plutôt amusant. Ta cousine Simone m'a demandé si j'avais eu recours aux implants de silicone pour avoir une poitrine pareille.

— Oh non ! gémit-il. Je dirai à sa décharge qu'elle est adepte de la chirurgie esthétique... Mieux vaut en rire...

— C'est ce que je pense aussi. J'ai d'ailleurs eu du mal à me retenir quand ton oncle Edward a fondu sur moi.

— Mon Dieu... Il peut être redoutable !

— Et très drôle ! Il m'a dit être prêt à m'emmener ce soir même à Las Vegas pour m'épouser !

— Tu dois avoir une bonne opinion de ma famille ! ironisa-t-il.

— Bien meilleure que tu ne le crois. Je ne te cacherai pas que j'avais une certaine appréhension en arrivant, mais tout le monde s'est montré charmant. Je suis ravie d'avoir accepté ton invitation, Bryce. Et c'est un plaisir de voir les futurs mariés si heureux.

Une voix masculine retentit alors, tout près d'eux.

— Ah ! Voilà donc la jeune personne qui suscite un tel enthousiasme chez notre cher Edward !

Ils se tournèrent d'un même mouvement et Dani vit avancer vers eux un homme de belle prestance, aux cheveux poivre et sel et au regard clair. Sa ressemblance avec Bryce était saisissante.

— Papa, je te présente Dani Bennett. Dani, voici mon père, Peter Delaney.

Dani ne fut pas sans remarquer une légère tension dans la voix de Bryce, tandis qu'il faisait les présentations.

Peter s'inclina vers elle avec une courtoisie extrême, tout en la dévorant du regard.

— Vraiment exquise, mon fils. Je comprends la réaction d'Edward…

Un événement mondain tel que des fiançailles dans la famille Delaney attirant immanquablement la presse locale, un photographe arriva à ce moment-là, et demanda à Dani de poser entre père et fils. Ils s'exécutèrent. Eblouie par le flash puissant, elle mit quelques secondes avant de recouvrer l'usage de la vue et s'aperçut alors que Bryce avait gardé sur elle un regard attentif.

Elle lui sourit, soudain consciente de l'abîme séparant les deux hommes. Bryce était un être attentionné et prévenant, à l'inverse de son père, qui ne songeait qu'à son propre plaisir. Elle comprenait mieux à présent que M. Delaney remporte un tel succès auprès des très jeunes femmes : elles étaient trop naïves pour discerner ses défauts.

D'instinct, elle se rapprocha de Bryce, qui lui passa le bras autour des épaules.

— Ne crains rien, mon fils ! s'exclama Peter avec un petit rire. Je n'envisage pas de marcher sur tes plates-bandes. Pas cette fois…

Pas cette fois ? Dani dressa l'oreille.

— Je ne te reproche pas ton goût parfait, mais ta dernière petite amie m'a coûté très cher…

— Ce ne sont pas les mariages qui te coûtent cher, mais les divorces ! rétorqua Bryce sèchement.

Peter Delaney rit doucement.

— Que pourrais-je te répondre ? J'ai un faible pour les belles femmes, et tu as apparemment hérité de cette faiblesse…

— Je ne qualifierais certainement pas Bryce de « faible », monsieur Delaney, intervint Dani. Non que je sois du genre à profiter de la faiblesse de quiconque…

Elle avait prononcé ces derniers mots en cherchant son regard.

— Voilà une charmante créature qui ne mâche pas ses mots, remarqua-t-il en souriant.

— Il se trouve que Dani n'est pas seulement belle, mais aussi intelligente.

— Ce sont les pires, mon garçon ! Méfie-toi…

Il eut de nouveau un petit rire, puis les salua d'un signe de tête et alla rejoindre sa conquête du moment, une ravissante rousse d'une vingtaine d'années.

— Je suis désolé…, murmura Bryce, quand il se fut éloigné.

— Tu n'as pas à l'être.

Elle aurait voulu lui poser une foule de questions, mais il l'entraîna vers une autre salle où un orchestre s'installait.

— Profitons plutôt de la soirée…

Il était plus de 2 heures du matin lorsque Bryce raccompagna Dani chez elle.

— C'était merveilleux. Merci encore de m'avoir invitée. J'ai passé une soirée inoubliable.

Elle sourit, se rappelant les tenues des convives, le buffet, le bal. Et surtout, Bryce, ses regards, ses attentions, ses baisers…

— Malgré mon père et l'oncle Edward ? demanda-t-il, ironique.

Souriant, elle haussa une épaule.

— Ils ne m'ont pas vraiment dérangée.

Bryce soupira.

— Mon père a un comportement pour le moins étrange avec les femmes. Je considère qu'il leur manque de respect, mais dans la mesure où il est très riche et ne regarde pas à la dépense, la plupart s'en moquent.

Dani saisit l'occasion de satisfaire sa curiosité.

— Ta… petite amie, par exemple ?

— *Ex* ! rectifia-t-il. En réalité, c'était mon père qui l'intéressait. Elle m'a utilisé comme tremplin.

— Je suis désolée, dit-elle en lui caressant la joue. Tu te doutes bien que je ne ferais jamais…

Il lui imposa le silence par un baiser.

— J'ai confiance en toi, Dani.

Comme aimantés, ils se retrouvèrent dans les bras l'un de l'autre, à s'embrasser passionnément, se caresser.

— Dani, murmura-t-il, tout contre ses lèvres, tu devines ce qui risque de suivre ?

— Je pense, oui.

Elle esquissa un sourire timide.

— Bryce… tu me plais, je tiens à toi, et je te proposerais avec grand plaisir de rester avec moi ce soir. Mais je ne voudrais pas brûler les étapes et commettre une erreur que nous pourrions regretter…

Ce n'était pas ce que Bryce avait envie d'entendre. Il prit cependant une profonde inspiration et finit par hocher la tête.

— Nous avons toute la vie devant nous…

— *Nous*, répéta-t-elle avec un sourire.

Il sourit à son tour et l'embrassa sur la tempe. Ce petit mot lui plaisait. Et bien plus qu'il ne l'aurait imaginé.

Le lundi, la vie avait repris son cours mais Dani était toujours sous le charme de ce week-end parfait. Le dimanche, elle était retournée chez Maeve pour un grand déjeuner familial, et avait été tout aussi enchantée que la veille par l'accueil chaleureux qui lui avait été réservé.

Plus que tout, elle était sous le charme de Bryce. Auprès de lui, elle se sentait choyée. *Aimée.*

Et elle l'aimait elle aussi.

Il lui avait fallu si peu de temps pour s'éprendre corps et âme de cet homme… Grace et Marissa l'avaient rassurée, affirmant que l'on pouvait aimer au premier regard !

Elle aurait dû le retrouver ce soir-là mais, retenu par une réunion impromptue à Blinddates, il lui avait envoyé un ravissant bouquet de petites roses rouges pour s'excuser. Le cœur battant, elle relut la carte qui l'accompagnait.

« Je pense à toi. Tu me manques. Il me tarde de te revoir. »

Elle avait elle aussi hâte de le revoir.

L'avenir lui réserverait-il finalement plus de bonheur qu'elle n'avait jamais osé espérer ?

Le mardi matin, installée à son poste de travail, elle réfléchissait aux différents moyens de retenir les utilisateurs de You&Me — tout en guettant l'arrivée d'un mail de Bryce — lorsque son patron entra dans sa cabine.

— Je te savais douée, mais pas à ce point !

James posa devant elle le journal qu'il agitait et Dani se vit en photo, entourée de Peter Delaney et de son fils. Sous la photo, quelques lignes évoquaient une relation entre Bryce, P.-D.G. de Blinddates.com, et elle.

Elle retint son souffle.

— Toutes mes félicitations ! Alors, qu'as-tu découvert en t'infiltrant dans le camp ennemi ?

Stupéfaite, elle leva les yeux sur James qui souriait de toutes ses dents avant de les baisser de nouveau sur la photo.

— Interprétation erronée, James, articula-t-elle. Je... j'ai une relation avec Bryce, qui n'a rien à voir avec la... « mission » que tu m'as confiée.

Le sourire de James se crispa et elle vit ses sourcils se rapprocher pour ne former qu'un gros accent circonflexe.

— Pardon ?

— Tu as bien entendu : je ne me livre avec lui à aucune manœuvre d'espionnage.

— Ah...

Son regard s'était fait glacial.

— Certaines clauses de ton contrat sont précises, Danica. Si tu ne travailles pas pour moi, je vais en déduire que tu travailles... *pour lui*. Et c'est un motif de licenciement.

Voir Dani dans un tel état bouleversait Bryce. Il se rapprocha d'elle, sur le banc du jardin public où ils s'étaient donné rendez-vous à l'heure du déjeuner, et la prit dans ses bras.

— Il ne t'a tout de même pas congédiée ?

— Non, répondit-elle d'une voix tremblante. Pas encore… Mais ses intentions sont claires : si je ne profite pas de la situation pour obtenir des informations de première main, il n'hésitera pas à me licencier.

— C'est du chantage ! s'exclama Bryce. Il se sert de toi pour m'atteindre. Il m'en veut depuis que j'ai quitté sa boîte pour monter la mienne. C'est d'ailleurs uniquement pour se venger, qu'il a créé You&Me !

Il lui souleva le menton et chercha son regard triste.

— Donne ta démission, Dani. Je réglerai tes frais jusqu'à ce que tu trouves un nouvel emploi.

Elle se redressa pour s'écarter de lui.

— C'est très gentil à toi, mais je suis capable de régler seule mes problèmes avec James.

— Je me sens responsable de ce qui t'arrive. Je connais mieux que toi ce type, et…

— Merci beaucoup, l'interrompit-elle avec fermeté. Tu es le frère de Caitlin, Bryce. Pas le mien.

— Et j'en suis heureux, parce que les sentiments que j'ai pour toi n'ont rien de fraternel !

Ils se mesurèrent du regard et, avec un soupir, Dani lui rappela l'origine de cet attachement à son autonomie. Elle lui parla de la situation dans laquelle s'était retrouvée sa mère, lorsque son père, sur lequel elle avait toujours compté, était parti.

— Voilà pourquoi je tiens en général à régler seule mes problèmes, Bryce.

Il n'hésita qu'un bref instant avant de prendre sa main dans la sienne et de la serrer.

— Je te comprends.

— Merci. C'est très important pour moi.

De retour à son bureau, Bryce eut toutefois des doutes. James étant un personnage dénué de scrupules, il estima tout compte fait préférable de régler cette affaire lui-même.

Sachant que Dani était en formation cet après-midi-là, il se rendit dans les locaux de You&Me, où le maître des lieux ne parut pas surpris de le voir.

— Je suppose que tu es venu pour me parler de Danica.

— Je trouve assez ignoble que tu te serves d'elle pour régler tes comptes avec moi ! répliqua Bryce sans préambule. Laisse-la en paix, ou je t'attaque en justice pour dénoncer tes pratiques.

James lâcha un rire caustique.

— C'est grotesque ! Qui prendrait la défense d'une de mes anciennes employées, qui sort avec mon principal rival ?

— Ancienne employée ?

— En de telles circonstances, que puis-je faire d'autre que me débarrasser d'elle ?

Renvoyée !

A cause de Bryce qui n'en avait fait qu'à sa tête, elle venait de tout perdre. Bryce à qui elle avait cru pouvoir faire confiance. Bryce qui, en peu de temps, avait pris une telle place dans sa vie !

Il l'attendait au pied de son immeuble et, l'espace d'un instant, Dani eut envie de se réfugier dans ses bras. Au lieu de cela, elle lui demanda de partir.

— Pas avant que nous ayons discuté de certaines choses, Dani.

Les yeux embués de larmes, elle secoua la tête. Son père était parti un jour en promettant à sa famille de revenir, et il ne l'avait jamais fait. Bryce s'était engagé à respecter son désir, et il n'avait pas tenu parole.

— Nous n'avons plus rien à nous dire. Je me suis trompée en pensant pouvoir te faire confiance. Tu te sens obligé de *tout* contrôler, et c'est insupportable ! Alors je te demande de me laisser, maintenant.

Il la dévisagea, dérouté.

— Ecoute… je reconnais avoir commis une erreur, mais…

— Va-t'en, Bryce. S'il te plaît.

Bryce eut un mouvement de recul, comme si elle l'avait giflé.

— Est-ce vraiment ce que tu veux ?

Ce qu'elle voulait, c'était qu'il la prenne dans ses bras, qu'il lui dise qu'il l'aimait et qu'il ne partirait pas. Même si elle venait de lui demander à plusieurs reprises de la laisser en paix !

Elle voulait… l'impossible. Une chose était sûre, en tout cas : elle n'avait pas besoin de lui. Ni de personne.

— Oui, c'est ce que je veux.

11.

De Dani à Grace et Marissa :

Merci pour vos messages. J'ai dû résilier mon adhésion à Blinddates, pour des raisons que vous comprenez. Le propriétaire de mon appartement a trouvé aussitôt un locataire. J'ai pris quelques affaires et je suis venue m'installer avec ma mère, dans sa caravane. Pas d'ADSL, ici, donc impossible de rester connectée très longtemps.

J'espère que vous allez bien toutes les deux. Vous me manquez. Je vous embrasse bien fort.

C'était si étrange, de se retrouver à la ferme. Dani y était arrivée deux jours plus tôt, et avait l'impression d'être là depuis deux ans. Bryce lui manquait tant… et elle avait l'impression d'être seule responsable de cette situation.

Un cliquètement métallique retentit juste devant

la porte de la caravane, éveillant son attention. Elle quitta la table pour regarder par la fenêtre, et vit le carillon qu'elles avaient offert, ses sœurs et elle, à leur mère, bien des années auparavant, à l'occasion de la fête des Mères. Elle rit, face aux fourchettes à demi édentées rassemblées par de la ficelle.

— Ah ! s'exclama Dolly en entendant sa fille rire. Voilà un bruit que j'aime bien, et qui n'a pas beaucoup résonné par ici depuis que vous êtes toutes parties.

— Tu as gardé ce vieux carillon, maman ? J'ai du mal à le croire…

— C'est un chef-d'œuvre, ma chérie ! Pour rien au monde je ne m'en déferais.

Elle tendit à sa fille une assiette de cookies au chocolat, qu'elle venait de préparer.

— Sers-toi, ma belle. Voilà qui devrait t'aider à retrouver le sourire.

Dani prit l'un des biscuits encore tièdes, et laissa une bouchée fondre dans sa bouche. Délicieux, comme toujours.

— Merci, maman. Pour les cookies, et aussi pour l'hospitalité.

Dolly lui caressa les cheveux.

— Tu n'as pas à me remercier, ma fille. Tu es ici chez toi, et tu y seras toujours la bienvenue. Bien sûr, ça ressemblait davantage à un foyer quand j'avais mes petites autour de moi…, conclut-elle avec un soupir mélancolique.

Chez toi.

Les deux mots et le ton chaleureux sur lequel sa mère les avait prononcés eurent une résonnance particulière en Dani. Elle comprit soudain que cette maison qu'elle rêvait depuis si longtemps d'acquérir n'était qu'un élément matériel. On était « chez soi » quand on vivait avec ceux qu'on aimait, que ce soit dans une belle demeure, un simple studio, ou dans une caravane.

Elle était ici *chez elle.*

Une sensation de bonheur et de plénitude, qu'elle n'avait encore jamais éprouvée jusque-là, la gagna peu à peu, et son visage s'illumina d'un sourire.

Penché sur son rapport, Bryce le relut pour la dixième fois au moins. Les mots se brouillaient sous ses yeux.

« Tu te sens obligé de tout contrôler ! »

Il voyait encore Dani lui lancer ces mots au visage. Il voyait son beau regard bleu, à la fois meurtri et plein de colère.

Secouant la tête, il se passa la main sur la nuque en soupirant. Cette accusation, aussi dure soit-elle, n'était pas fausse. Brusquement, des images de son enfance et de son adolescence défilèrent à vive allure dans son esprit, comme un film en accéléré. Les disputes de ses parents, la séparation, l'incessant défilé de compagnes et compagnons…

Il avait voulu protéger tout le monde. *Se* protéger. Et cet instinct avait gagné de l'ampleur, au point de justifier la remarque de Dani.

D'un geste sûr, Dani planta la fourche dans la balle d'avoine. Elle n'avait pas perdu la main, bien qu'elle n'ait pas travaillé dans un ranch depuis assez longtemps.

Elle soupira. Ce mélange d'odeurs lui rappelait un bel après-midi dans un autre ranch. Avec un homme qu'elle embrassait pour la première fois… Le cœur gros, elle redoubla d'ardeur.

— Je me demandais si tu porterais un bandana.

Une voix qu'elle ne connaissait que trop venait de retentir derrière elle. Elle fit volte-face.

Bryce se tenait là, les traits tirés, les yeux cernés, et son attitude ne reflétait pas l'assurance naturelle qu'elle lui avait toujours connue.

— Comment m'as-tu retrouvée ? demanda-t-elle en portant d'instinct la main à son bandana rouge, le même que celui qu'elle portait sur la photo choisie pour le profil de Blinddates.

— Un vrai parcours du combattant ! Après avoir essayé de te joindre sur ton téléphone portable, où j'ai appris par le service de messagerie qu'il n'y avait plus d'abonné à ce numéro, je me suis rendu à ton appartement, où j'ai été reçu par un vieux monsieur qui n'avait pas le moindre renseignement à me fournir. Comme il était hors de question que je m'avoue vaincu, j'ai contacté les deux amies dont tu m'avais souvent parlé. Inutile de te dire que je me suis heurté à un mur de réticences… Mais elles ont fini par comprendre que j'étais animé de bonnes intentions. Je n'étais cependant pas au bout de mes peines ! Quand je suis enfin arrivé ici, il m'a fallu encore presque une heure pour convaincre ta mère que je ne veux que ton bonheur.

Ces deux derniers mots retinrent toute l'attention de Dani, mais elle choisit de les ignorer.

— Tu as dû te montrer très persuasif, pour obtenir toutes ces informations… Et pourquoi tenais-tu à me retrouver, au juste ?

— Je voulais te voir.

— Voilà qui est fait.

Bryce l'observa attentivement. De toute évidence, Dani n'était pas disposée à lui faciliter la tâche. Elle ne manquait pas de caractère. Il l'avait toujours su, et c'était pour cela aussi qu'il l'aimait. Le visage rougi par l'effort, tout ébouriffée, elle le fixait avec un regard indéchiffrable.

Il aurait tant souhaité la prendre dans ses bras…

— Te voir et te présenter mes excuses. Je suis conscient de mes erreurs, Dani. Tu avais raison en m'accusant de vouloir « tout contrôler ». J'ai compris d'où me venait ce besoin irrépressible.

Il lui parla de la mésentente de ses parents, du divorce, de cette tendance de plus en plus affirmée à vouloir protéger les autres. A *se* protéger, en réalité, en chapeautant tout.

Suspendue à ses lèvres, elle restait immobile, silencieuse.

— Pour finir, je te dirai simplement que je t'aime et que je serais très malheureux si je devais vivre sans toi. Si tu acceptes de m'épouser, je veillerai à ne plus jamais empiéter sur ton territoire, comme il m'est arrivé de le faire — même avec les meilleures intentions du monde !

Dani prit une profonde inspiration.

Les muscles tendus, Bryce attendait sa réaction.

Lorsqu'il vit un sourire se dessiner sur ses lèvres, il sentit son cœur accélérer ses battements.

— J'ai moi aussi cherché à me protéger, Bryce. Je m'aperçois que, de peur de subir le sort de ma mère, je trouvais toutes les excuses possibles et imaginables pour ne pas m'investir dans notre histoire : la différence de classe sociale, mon désir outrancier d'indépendance…

— L'histoire de nos parents n'est pas la nôtre, Dani. Allons-nous tourner le dos au bonheur à cause d'eux ?

Elle hésita un instant à peine avant de franchir la faible distance qui les séparait et de se blottir dans ses bras.

— Non, dit-elle dans un souffle.

Le cœur gonflé de joie, il la serra fort contre lui, puis chercha ses lèvres, toujours aussi douces, aussi tentantes.

Lorsqu'ils s'écartèrent enfin l'un de l'autre pour reprendre leur souffle, il lui sourit.

— Je t'ai apporté un cadeau de fiançailles un peu particulier : des bottes cavalières. La bague viendra elle aussi, mais je savais que tu ferais un meilleur usage des bottes que de la bague.

Un peu plus tard, après avoir essayé les superbes bottes en cuir fauve qu'il était allé chercher dans sa voiture, Dani leva vers Bryce un visage rayonnant.

— La pointure est parfaite. Je suis la Cendrillon du vingt et unième siècle !

HARLEQUIN

collection Horizon

PROCHAIN RENDEZ-VOUS LE

15 Avril 2010

UN BÉBÉ À CHOYER, de Shirley Jump • n°2264

Ellie a besoin d'une nounou, et vite ! Mais à qui confier son bébé ? Sûrement pas à Dalton Scott, son irrésistible mais trop irascible voisin qui, de surcroît, semble vivre en ermite ! Enfin..., à moins qu'elle n'ait vraiment pas d'autre choix...

UN PAPA IRRÉSISTIBLE, de Michelle Douglas • n°2265

De retour dans sa ville natale, Jazmin s'est juré d'éviter Connor Reed. Pas question qu'elle souffre de nouveau par sa faute ! Pourtant, sitôt le croise-t-elle qu'elle sent son cœur battre aussi fort qu'autrefois, et de nouveaux sentiments éclore en le découvrant papa attentif d'une petite fille...

POUR LE BONHEUR D'UN ENFANT, de Raye Morgan • n°2266

Seule et enceinte de sept mois, Annie se rend à Chivaree, afin de rencontrer les McLaughlin, sa famille qui ignore tout d'elle. Là, elle fait la connaissance de Matt Allman, un homme merveilleux à qui elle n'ose pourtant révéler qui elle est. Car leurs familles ne sont-elles pas ennemies depuis toujours ?

HÉRITIÈRE ET AMOUREUSE, de Margaret Way • n°2267

La nature australienne, l'art, l'amitié : Francesca voudrait se contenter de ces joies simples. Mais elle vient d'hériter d'un empire, et c'est Bryn qui est venu lui annoncer la nouvelle. Bryn, l'homme qu'elle aime en secret, mais qui est promis à une autre...

INOUBLIABLE MARIAGE, de Jessica Steele • n°2268

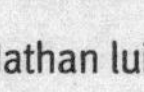

Pour arranger son père, Phelix a accepté un mariage avec Nathan – à la seule condition que le divorce soit prononcé juste après la cérémonie. Mais le jour J, Nathan lui annonce qu'ils resteront mariés...

Attention, numérotation des livres pour le Canada différente : n° 979 au 982.

www.harlequin.fr

A paraître le 1er mai

Best-Sellers n° 420 • suspense

La nuit du solstice - Carla Neggers

Venue sur la péninsule irlandaise de Berea pour retrouver les traces de l'ancien mythe celtique de l'Ange de pierre, Keira Sullivan se retrouve prise au piège dans une hutte en ruines, dont l'effondrement soudain a bien failli la tuer. Or, quelques secondes avant d'être ensevelie sous les décombres, Keira a cru voir la statue de l'Ange de pierre de la légende. Pourtant, lorsque Simon Cahill, agent du FBI, vient la libérer quelques heures plus tard, il ne reste aucune trace de la statuette. Keira l'a-t-elle rêvée ? Elle en doute. D'autant plus Patsy, qui lui a transmis le conte de l'Ange de pierre, se fait assassiner…

Best-Sellers n°421 • paranormal

La rose des ténèbres - Gena Showalter

La somptueuse Anya, déesse de l'anarchie, est prisonnière depuis toujours d'une terrible malédiction qui peut à tout instant la priver de sa liberté si elle succombe à l'amour. Mais comment pourrait-elle, malgré la menace qui pèse sur elle, résister au charme sombre de Lucien, un guerrier immortel prince des seigneurs de l'ombre ? Pour lui, elle est prête à tout, y compris à défier Cronos, le roi des dieux, qui enrage chaque jour un peu plus de la voir se laisser aller à la passion tout en dédaignant les ordres qu'il lui donne. Pire encore, elle le soupçonne d'avoir donné à Lucien l'ordre de la tuer.

Trilogie Les seigneurs de l'ombre, *volume n°2*

Best-Sellers n°422 • suspense

Le dernier mensonge - Laura Caldwell

Peu de temps après sa rencontre avec Michael Waller, Kate Greenwood accepte sans hésiter de l'épouser. Mais à peine installée à Saint-Marabel, au Québec, Kate découvre des détails étranges concernant la vie de Michael et se sent peu à peu gagnée par le doute. Et si l'homme à qui elle avait spontanément accordé sa confiance lui avait menti sur ce qu'il était en réalité ? Rongée par les soupçons qui l'assaillent jour après jour, Kate se retrouve en train d'enquêter sur son propre mari.

Best-Sellers n°423 • thriller

Piège de brume - Anne Stuart

En s'installant à Silver Falls, Rachel Middleton est persuadée d'avoir enfin trouvé un havre de paix. Elle vient d'épouser l'homme idéal, David, qui est aussi le père adoptif rêvé pour Sophie, sa fille de treize ans. Mais quand peu de temps après son arrivée, la petite ville endormie devient la proie d'un tueur machiavélique, Rachel panique. D'autant plus que Caleb, le frère de son mari, un dangereux et séduisant aventurier, fait brutalement irruption dans leur vie bien rangée en prétendant vouloir mettre fin aux crimes en série. Dès lors, Rachel n'a plus qu'une idée en tête : protéger sa fille.

Best-Sellers n°424 • roman

L'aube des promesses - Sherryl Woods

Anéanti par le décès brutal de sa jeune épouse, Kevin O'Brien revient s'installer à Chesapeake Shores : au sein d'une famille soudée, il cherche un refuge pour lui et pour Davy, son petit garçon de deux ans. Comment être à la hauteur avec ce petit être au regard pétillant ? Comment envisager l'avenir ? Ce n'est que le jour où il fait la connaissance de la nouvelle libraire de Main Street, Shanna Carlyle, que Kevin sent enfin l'espoir renaître en lui. Et alors qu'il pensait ne plus jamais être capable d'aimer, Shanna, si spontanée et passionnée, le trouble profondément. Mais a-t-il droit à cette seconde chance d'être heureux ?

Trilogie Chesapeake Shores, *volume n° 3*

BestSellers

Best-Sellers n°425 • roman

Au fil des jours à Blossom Street - Debbie Macomber

Depuis qu'elle y a ouvert sa boutique « Au fil des jours », il règne à Blossom Street l'atmosphère gaie et chaleureuse que Lydia a le don de créer autour d'elle. Car Blossom Street, c'est tout un univers. L'univers de Lydia, qui a renoué avec le bonheur grâce à l'amour de Brad, et la complicité retrouvée avec sa sœur Margaret. Jusqu'au jour où l'ex-femme de Brad réapparaît… Celui de Courtney, la jeune déracinée, complexée et solitaire, venue y trouver refuge et amitié. Celui de Bethanne, qui a perdu ses repères depuis son divorce. Mais aussi celui d'Elise, que le retour inattendu de son ex-mari déstabilise…

Série Blossom Street, *volume n°2*

Best-Sellers n°426 • historique

Les amants rebelles - Susan Wiggs

Orpheline recueillie par lord Merrifield, un idéaliste qui a rallié le camp des Puritains contre Marie la catholique, Alouette a grandi dans un foyer austère mais protégé. Hélas, Merrifield étant à l'agonie, elle se retrouve seule face aux ennemis de ce dernier et subit, dès lors, les persécutions que lui infligent les partisans de la Couronne. Démunie, elle se résout à demander le soutien du seul homme puissant qu'elle connaisse et qui ose tenir tête à la reine : Oliver de Lacey, baron de Wimberley. Un choix dangereux, car en s'alliant à ce séducteur, ce rebelle sans foi ni loi, Alouette met en péril non seulement sa vie, mais aussi sa vertu…

Trilogie La Rose des Tudor, *volume n°2*

Composé et édité par les
éditions Harlequin
Achevé d'imprimer en février 2010

à Saint-Amand-Montrond (Cher)
Dépôt légal : mars 2010
N° d'imprimeur : 91813 — N° d'éditeur : 14854

Imprimé en France